覚悟の登城

身代わり若殿　葉月定光2

佐々木裕一

目次

序章

村上信虎《むらかみのぶとら》は、尾道《おのみち》水道に入っていく小早船《こはやぶね》の舳先《へさき》に立つ若者を目で追いながら、虎丸《とらまる》のことを考えていた。桜の季節に広島城で別れて、今は梅雨が明けた暑い盛りだが、つい昨日のことのように思える。芸州《げいしゅう》虎丸を名乗り、川賊《かわぞく》を捕らえた話を聞いた時は、情に厚い虎丸らしいと思った。しかし、江戸を騒がせている川賊を捕らえたことで目立ってしまい、公儀から捜される立場になっているのは、大いにまずい。葉月《はづき》家の若殿《わかとの》の身代わりだとばれれば、首をはねられ、加担した広島藩とてただではすまぬ。

焦った藩の家老たちは、若君を呼び戻すべきだ、と主張したが、藩主の安芸守綱長《あきのかみつなが》は、下手に動くな、と、この一言で、家老たちを黙らせた。分家の赤穂浅野内匠頭《あこうあさのたくみのかみ》が、江戸城松の廊下で吉良上野介《きらこうずけのすけ》に斬りつけた縁座《えんざ》の危機を救ってくれたのは、亡き葉月諸大夫定義《しょだいぶさだよし》だ。大恩ある葉月家の御家断絶を救えるのは、病没した若殿・

定光《さだみつ》に瓜《うり》二つの虎丸しかいない。血を分けた虎丸を葉月家に差し出したのは恩を返すためだと安芸守は言うが、その心底には、虎丸が将軍家直参《じきさん》旗本の定光として生きられるなら、外様《とざま》の自分よりも、幕府で出世できるという思いがある。そのようなことを本気で考え、ばれたら共倒れするのも恐れず虎丸を江戸へ行かせた豪胆さに、今さらながら、舌を巻く信虎であった。

されど虎丸は、瀬戸内の海を自由に走り回っていた若者だ。何がきっかけで江戸市中に出たのか知らないが、それがもとで川賊なんぞに関わることになったのだから、この先同じようなことがないとは言えない。危なっかしい虎丸が、葉月家や安芸守の期待にそえるのだろうか。それを考えると、信虎は不安でたまらなくなるのだ。

「おやじ殿！」

虎丸の声に、信虎は振り向いた。波に揺られる小舟に乗るのは己一人だと思い出し、苦笑いをする。空耳か。考え過ぎだな。

「おやじ殿！」

また声がした。やはり呼ばれている。舳先側からだと分かり眼差《まなざ》しを戻すと、ゆっくり尾道水道へ向かう大きな荷船から離れる小早船から、手を振る者がいた。虎丸の声に似ているのは、佐治《さじ》だった。

「引いとりますよ！」

「お！」

舳先に置いていた竿《さお》がしなっていることに気付き、慌ててにぎった。手ごたえは大きい。逃がさぬためにぐいと引き、針をしっかりかける。

近頃は、生類憐《しょうるいあわれ》みの令は遠い江戸のことではなくなりつつあるが、食うための釣りだ。

水面《みなも》に姿を見せたのは、めったにおがめぬ魚だ。

「おお、あこうじゃ」

佐治が言うので、信虎は白い歯を見せた。

「見てみい。でかかろうが」

「ええ形《い》ですね」

「今から亀婆《かめばあ》のところへ行くけえ、飲みに来んか」

「行きたいところですが、大坂《おおさか》まであの荷船を送り届けにゃいけんのです」

佐治は、先に尾道水道へ入った荷船を指さしている。

重い荷物を積んでいるらしく、喫水が深い。

「見るからに危なっかしいのう。積み荷は何」

「三次藩《みよし》の鉄です」

「ああ、天亀屋《てんかめや》に頼まれたんか」

「そういうことですよ」

「今からなら、今晩は鞆《とも》ノ浦《うら》に泊まりか」

「はい」

「こんなあ、遊ぶ気じゃろ」

佐治は答える代わりに、にやりとした。

「はめを外し過ぎるなよ」

「分かっとります。ところで、虎丸はいつ帰るんです?」

生涯帰らぬと言えるはずもなく、信虎は何食わぬ顔をする。

「これぱかりは、殿の腹一つじゃけ、わしには分からん。明日帰るかもしれんし、一年先かもしれん」

「寂《さみ》しいですね」

「わしはもう慣れたが、あそこにおる亀婆が寂しがっとるけえ、時々わしがこうして、旨《うま》い魚を土産にして泊まりょうるんじゃ」

信虎がそう言うと、佐治は千光寺《せんこうじ》の山に顔を向け、眩《まぶ》しそうな顔をした。

「亀婆は、生きて虎丸に会えん気がするいうて言《よ》うるらしいですね」

「おう。ほいじゃけ旨いもんを食べて元気を出してもろうて、長生きしてもらわにゃあの。日が暮れるけえ、はよ行け」

「はい。ほいじゃ、また」

藩の重臣である信虎に遠慮がないのは、虎丸と兄弟のように暮らしていた佐治を、息子のように可愛がっているからだ。

「おい佐治」

「はい」

「家族を大切にせえよ」

近頃の信虎の口癖に、虎丸がいないことを寂しがっていると察したのだろう。佐治はなんとも言えぬ笑顔でうなずき、小早船を走らせた。

第一話　庭の猫

一

　顔に四角い物が張り付いたような可笑《おか》しな日焼けは消え、右目の下に残っていたあざもなくなった。

　鏡に映る己の顔を見ていた虎丸は、月代《さかやき》を整えてくれている納戸役《なんどやく》・恩田伝八《おんだでんぱち》に、手鏡越しに眼差《まなざ》しを向けた。

　気付いた伝八が、手を休めず言う。

「不安ですか」

「そう見えるか」

「寂《さみ》しそうなお顔にも見えますが」

「今日限りで、伝八が今していることは、他の者に代わるのであろう」

「髪月代をはじめとする御身のまわりのお世話は、確かに納戸役であるそれがしの役目ではございませぬ。ですが、今日のことが終わりましても、おそばに仕えさせていただきます」

「ほんまか」

「若殿、お言葉がいけませぬ」

虎丸は一つ咳《せき》をした。

「すまぬ、つい嬉《うれ》しくてな。竹内《たけうち》が、さよう申し付けたのか」

「はい。今のように芸州弁がぽろりと出ることがございますので、他の者には任せられぬと御家老はおっしゃり、それがしは今日から、納戸役を解かれ、小納戸役兼、小姓組頭《こしょうぐみがしら》を命じられました」

納戸役は本来、当主の衣服や金銀の出納と保管をつかさどる役で、名の通り、納戸部屋が仕事場だ。伝八が新たに拝命した小納戸役は、当主に近侍し、身の回りの雑用をする。そして小姓組頭は、当主の警護をする役だ。

「ようは、いつもわたしのそばにおるということだな」

訊《き》く虎丸に、伝八は笑みを浮かべて顎《あご》を引いた。

そばに控えていた用人・坂田五郎兵衛《さかたごろべえ》が口を挟む。

「伝八は一刀流《いっとう》の達人ゆえ、小姓組頭はまさに天職。御家老も、よきことをされた」

「身に余ることでございます」

謙遜《けんそん》する伝八は、月代を整え終えると、虎丸に両手をついた。

「改めて、よろしくお頼み申します」

「それはわたしが言うことだ。伝八、これからも頼む」

「身命を賭《と》して、お仕えいたしまする」

「頼もしいぞ」虎丸は立ち上がり、姿を皆に見せた。「どうだ」

五郎兵衛が顎を引く。

「どこから見ても、定光様にござい――」

語尾を途切れさせて嗚咽《おえつ》する五郎兵衛の肩に手を差し伸べた虎丸は、ぐっと力を込めた。

「泣くな、五郎兵衛。定光は、ここに生きておる」

「ははあ」

五郎兵衛は頭を下げ、伝八は目じりをそっと拭《ぬぐ》い、虎丸を促す。

応じた虎丸は、伝八に従って部屋を出た。向かう先は表御殿の大広間で、そこには、葉月家の家来が顔をそろえ、若殿・定光を待っている。

顔の日焼けと傷跡が消えたのを機に、家老の竹内与左衛門《よざえもん》が若殿の床払いを宣言し、家来たちの前に姿を見せることを決めたのは、二日前のことだ。

幼き頃より病弱だった定光の顔を知る者は、これまで虎丸が関わっていた五郎兵衛や伝八といった、ごく一部しかいない。ゆえに、まともな顔に戻った虎丸を家来に見せて様子を探り、何も起こらなければ、公儀に病気平癒を届ける、というのが、竹内の考えだ。

ばれれば、必ず誰かの口から外に漏れ、いずれ公儀の耳に入る。そうなれば、竹内たちは腹を切らされ、葉月家は断絶。そう言われていた虎丸は、重圧に潰《つぶ》されそうな自分に、大丈夫、と、何度も言い聞かせていた。

「若殿、息を大きく吸って落ち着きなされ」

後ろを歩く五郎兵衛が、そんな虎丸の様子に気付いたのだろう。背中をさすってくれ、あなたなら大丈夫だ、堂々としていなされ、と言って、励ましてくれた。

虎丸は立ち止まり、息を大きく吸って吐いた。

「よし。行くぞ」

気合を入れて廊下を進み、伝八が示す場所に立ち止まった。松の墨絵が見事な襖《ふすま》一枚を隔てた大広間から、集まった者たちのひそやかな声がする。

虎丸は、もう一度息を吸って吐いた。

では、と言い、顎を引いた伝八が、声を発する。

「殿のお出ましでござる」

声に応じて、大広間でしていた声が止み、衣擦《きぬず》れの音がした。

伝八が襖を開ける。

虎丸は中に入り、何度も稽古《けいこ》をした通りにゆったりと足を運ぶ。家来たちがいる下段の間とは、下ろされた御簾《みす》で隔てられ、姿ははっきり見えないはずなのだが、緊張する。上段の間の中ほどに敷かれた褥《しとね》に正座し、左に置かれた脇息《きょうそく》には、病み上がりを演じて軽く手を添えた。

目を伏せていた虎丸は、ようやく気持ちを落ち着かせ、眼差しを上げたのだが、平伏している家来の少なさに驚いた。ざっと数えて三十人。いや、まだ少ない。百余名と聞いていたので、大広間いっぱい並んでいるものと思っていただけに、拍子抜けした。

上段の間のそばに正座している竹内が咳ばらいをしたので見ると、何をしている、という目顔で、小さく顎を振った。まずは面を上げさせることを思い出した虎丸は、居住まいを正した。第一声が裏返らないよう、唾《つば》を飲もうとしたが、口が乾いている。

竹内が急かすようにふたたび咳《せ》ばらいをしたので、虎丸は慌てた。

「皆の者、面を上げよ」

手を膝《ひざ》に置いた家来たちは、体は起こしたものの、眼差しは下げたままだ。

虎丸は一同を見回したが、しゃべるなと言われているので、黙っている。

程なく、御簾が上げられた。家来たちは、ちらりと眼差しを上げて、若殿の顔を拝んだ。

竹内が言う。

「若殿は、このとおり快復に向かわれている。これで、葉月家は安泰だ。皆の者、今日より若殿のおんため、いっそう励もうぞ」

「はは！」と、皆が声をそろえ、平伏した。

竹内が顎を引いたので、虎丸は応じて、顔を正面に向ける。

「皆の者、頼む」

面を上げよ、と、頼む、の一言を、それぞれ百回は稽古した。芸州なまりは出ていないはずだ。

ふたたび、はは、と、家来たちが声をそろえたので、虎丸は打ち合わせのとおりに立ち上がり、大広間から退出した。

供をする伝八が襖を閉めると、大広間から歓喜の声があがった。

「ようござった」

「まこと、葉月家は安泰じゃ」

「それにしても、若殿は聡明《そうめい》な面構えをされておる」

「まさに、高貴なお顔だ」

「おれは一目で惚《ほ》れたぞ」

「命を賭して、殿のために忠義を尽くそうぞ」

「おお」

虎丸は聞いているうちに、騙《だま》しているのが辛《つら》くなった。

浮かぬ顔で立ち止まっていた虎丸が、前を向いて歩みを進めようとした時、五郎兵衛が前に回り込んで、片膝をついた。

「若殿、皆に生きる希望を与えてくださり、かたじけのうございます」

「急にどしたん?」つい出た芸州弁に、慌てて言いなおす。「ではなく、急にいかがした」

「家来たちは、明日をもしれぬ若殿のことを想いながら、長年仕えてまいりました。

元気なお姿を見るだけで、悲願が叶《かな》ったと、喜んでいるのです」

五郎兵衛の心情を思い、虎丸は笑みでうなずく。

「これで、よかったのだな」

「はい」

「一つ役目を果たせて、気が楽になった」

穏やかな顔の虎丸は、歩みを進めて寝所に戻った。

五郎兵衛が用人の役目を務めるために表御殿へ戻り、伝八と二人になったところで訊いた。

「家来が少なかったが、百余名ではないのか」

「先ほど集まっていた者たちは、当主に拝謁が叶う御目見《おめみえ》以上の身分でございます。御目見以下の侍と足軽は、大広間で拝謁することができませぬので今日は来ておりませぬが、各組頭から下々の者まで伝達されますので、皆喜びましょう」

「そういうことか。では、合わせて百余名はいるのだな」

「中間《ちゅうげん》を入れますとそうなりますが、直臣《じきしん》は八十名程度でございます」

「そうか。分かった」

「ただいまお茶を持ってまいります」

伝八は気が利く。

虎丸は、茶を一杯飲み、喉《のど》の渇きを潤した。

何をするでもなくくつろいでいると、程なく竹内が来た。

部屋に入った竹内は、上座にいる虎丸の前に正座し、珍しく口元に笑みを浮かべる。

「まずは上々。家中の者たちが喜ぶ姿を、久しぶりに見ました」

「役に立ててよかった」

「今日より、奥御殿以外は歩かれてもよろしゅうございます。さっそく、表の庭へご案内しましょう」

久々に土が踏める。

虎丸は竹内に従って、部屋を出た。表の庭は、築山《つきやま》と池があるが、大名屋敷のものとくらべればこぢんまりしている。手入れが行き届いた庭は見事なのだが、花が咲いているわけでもなく、松や楓《かえで》が多く、池のほとりに梅の木が数本あるだけの、地味な庭だ。若い虎丸には、庭木を眺めて楽しむという風流な気持ちがまだ備わっていない。だが、池を泳ぐ鯉には興味をそそられた。外の空気も気持ちがいい。

竹内は築山の中にある小道に入り、石段を上がって行くと、その先にある竹垣を、奥向きとの境だと教えてくれた。

「これより先には、決して行かれませぬように」

「分かった」

恐ろしげな奥方と会わなくてすむならそれでいいと思う虎丸は、即答したものの、ふと思うところあり、懐から御守りを出した。

「あれだけひどかった顔の傷がすっかり消えたのは、月姫《つきひめ》様がくだされたこの御守りのおかげかもしれぬな」

「急に、いかがされたのです」

「心根は優しい人だと思ったのだ」

「心根は？」

「今のは忘れてくれ。偽者とばれるといけぬので、会いたいとは思うていない」

「お会いしたいのですね」

虎丸は顔の前で手を振る。

「誤解だ。思うてもいない」

そんな虎丸に、竹内は真顔で言う。

「登城《とじょう》し、旗本として立派にお役目を拝命した暁には、月姫様と対面していただきます」

虎丸は焦った。

「それ本気なん？」

「いつまでも離れていたのでは、葉月家の御世継ぎができませぬからな」

「御世継ぎ……」

「まだまだ先の話。お役目を拝命し、お国言葉がつい出てしまわぬようになってからのことです」

先だって、竹内に厳しく詰め寄っていた月姫付きの高島《たかしま》を正室だと思い込んでいる虎丸は、できれば会いたくないと思ったが、口には出さずに築山からくだった。

池のほとりの石の上に立ち、池を眺めた。蓮《はす》の葉の下で日差しをさけている黒鯉を見つけて、目を細める。

「大きい鯉がいるな」

横で片膝をついた竹内が、虎丸が指さす鯉に、眼差しを向けた。

「いつからこの池にいるのか、知る者は誰もおりませぬ」

「何年生きていると思う」

「葉月家がこの屋敷を拝領して七十五年になりますが、庭方は、越してくる前からいたものと見ています」

「それは凄《すご》い。長生きだな。名はないのか」

「ございませぬ」

三匹の緋鯉《ひごい》が近づいて来て、黒鯉の前を横切った。それで目がさめたのか、黒鯉はゆったりと尾びれを動かし、池の底へ消えようとしている。

「長生きしんさいよ」

思わず出た言葉に、虎丸は、尾道の亀婆を思い出す。

まめに《息災》しとるじゃろうか。と、胸の内でつぶやいた虎丸は、それからしばし外の風に当たり、寝所に戻った。

二

虎丸が床払いをした同じ日、江戸城では、大老格の柳沢吉保《やなぎさわよしやす》が、北町《きたまち》奉行と目付役を御用部屋に呼び出していた。

呼び出しのわけを察している両名は、神妙な顔で正座し、上座に現れた柳沢に頭を下げた。

二人の前に正座した柳沢は、不機嫌な眼差しを目付役に向けた。

「山根《やまね》、芸州虎丸の探索はどうなっておる」

山根は、感情を出さぬ顔を伏せ気味に告げる。

「武蔵屋《むさしや》の身辺を探らせていますが、それらしい者は現れませぬ」

「では武蔵屋が申したとおり、芸州虎丸は江戸を去ったと思うか」

「思いませぬ。顔を隠したがっていたことから、身分がある者ではないかと睨《にら》み、探索の手を大名と旗本に広げようとしております」

「それでよい。広島藩は、なんと申している」

「昨日、手の者を再度遣わして問いましたところ、芸州虎丸なる者は国許《くにもと》にも存在せず、藩には一切関わりないとのことですので、ただいま、すっぽんの寅蔵《とらぞう》一味を捕らえた日の足取りを調べなおしておりまする」

柳沢は顎を引き、北町奉行に顔を向ける。

応じた松野河内守《まつのかわちのかみ》が、難しい顔をして言う。

「おおせのとおりに、寅蔵に罪一等を減じ、さらし首をなしとする条件で問いましたところ、見えてきたことがございます」

「それはなんだ」

「金欲しさに武蔵屋を裏切り、すっぽん一味に加担していた船頭から寅蔵が聞いたことによりますと、芸州虎丸は犬に追われ、一味が捨てていた武蔵屋の荷船にたまたま逃げおおせたのですが、舟には漕《こ》ぐ物がなく、大川《おおかわ》を流されていたところを武蔵屋の者が見つけたことで、命拾いをしたそうです。芸州虎丸はその恩を返すため荷船に乗っていたらしく、武蔵屋は、用心棒として雇っておりませぬ」

「武蔵屋が、嘘を申したか」

「ただちにあるじ小太郎《こたろう》を奉行所に呼び、問いましたところ、用心棒をさせてくれと言われたのは嘘ではない、素性は知らぬの一点張りでございましたが、正直に言わぬと投獄すると脅しましたところ、顔は、一度だけ見たと申しました」

柳沢の眼光が鋭くなった。

「では、人相が分かるのだな」

「すでに人相書を作り、覆面姿の絵と合わせて配下の者に持たせ、すっぽん一味が舟を捨てていた場所の近辺を捜させております る」

柳沢が訊く。

「その絵は、確かなのであろうな」

「すっぽんの寅蔵の証言をもとに作らせた人相書とやや違いますが、双方を照らし合わせて、似た顔を捜しております」

「その人相書は、山根も持っているのか」

「はい」

柳沢が顎を引き、二人に訊く。

「今朝方のことは、耳に入っているか」

山根と松野は、そろって顎を引く。

柳沢は言葉を続けた。

「すっぽんの寅蔵を処刑しても、川賊は減るまい。むしろ今朝のことのように、襲った舟に乗る者の命を奪い、口を封じるようになった。これは由々しきことだ。船《ふな》手方《てがた》の人を増やしても一向に減らぬのは、取り締まる者が賊どもを震え上がらせる存在ではないからだ。今の江戸の川には、川賊どもが恐れをなす者がなくてはならぬ。すっぽん一味を捕らえた後の一月のあいだ、賊はなりを潜めた。それは何ゆえか、言わずとも分かろう」

松野がうなずいた。

「すっぽんの寅蔵一味は、名が通った川賊でございましたので、たった一人の者に倒されたという噂を聞き、恐れたのでございましょう。ですが、我らが芸州虎丸を捜していると知り、また動き出しました。今朝も、襲われたという届けが二つ出ておりました」

柳沢が厳しい顔をした。

「探索が裏目に出たか。しかし、密《ひそ》かに捜していたのではらちがあかぬ。川賊どもを黙らせるには、一人ですっぽん一味を捕らえた芸州虎丸の名がいる。なんとしても、早急に見つけ出せ」

「はは」

そろって頭を下げた二人は、虎丸を捜すために城からくだった。

三

城の動きを知る由もない竹内は、床払いをした虎丸を疑う家来たちがいないか、表御殿を探っていた。そして五日後、影武者を疑う者も、噂もないことを確信し、折を見て病気平癒の届けを公儀に出すことを定めた。

虎丸は、寝所に来た竹内から登城の日取りを二カ月後に定めたいと言われた時、たった二カ月しかないのかと思った。芸州弁のなまりは、落ち着いていればなんとか隠せるようになったが、城での作法は、そうはいかない。

大身旗本を継ぐ者は、生まれた時から世継ぎとして育てられ、気付かぬうちに、品格が身に染みついている。身なりやしゃべり方はごまかせても、身体に染みついた育ちの良し悪しを消すのは容易ではない。

五郎兵衛は、あなた様なら心配ない、必ず成し遂げられると言い続けているが、父を知らず、母と幼き頃に死に別れた虎丸は、村上水軍の末裔である村上家に引き取られた。武家としての躾《しつけ》はそれなりに受けているが、気性が荒い船乗りたちと瀬戸内の海を走り回り、品格などとは無縁の暮らしをしてきたのだ。それを二ヵ月で、直参旗本の若殿らしい振る舞いを、と言われても難しい。

虎丸は、話を進めようとする竹内に頼んだ。

「一年とは言わぬ。せめて来年の春まで待てぬか。城でうまくできるか不安だ。見破られるかもしれぬ」

竹内が真顔で言う。

「それは、若殿の気持ち一つでございます。今日まで稽古をされたお姿を見て、よろしいと思うたから、二ヵ月後と定めたいのです。気おじしなければ、どこに出しても恥ずかしくない、立派な若殿にござる」

「そう、見えるか」

「見えまする」

虎丸は嬉しくなった。今朝も五郎兵衛に口うるさく言われたので、作法の形がまったくできていないと思い気落ちしていただけに、喜びは大きい。

竹内がさらに言う。

「あと二ヵ月しかない、ではなく、あと二ヵ月もあるのですから、気を楽にして、最後の仕上げにかかってください。謁見の稽古を積み、百のうち一度も間違わぬよう、身体に覚えさせるのです」

虎丸は、ごくりと喉を鳴らした。

「ばれたら終わりだが、逃げてばかりはいられないのか」

「当家が登城を免除されているのは、若殿が病だったからです。ふたたび病を偽り、寝所に囲われたまま生きますか」

「それだけはごめんだ」

「では、腹をくってください。大丈夫、あなた様ならできます」

「やるしかないか」

「はい」

ついた。

気が緩んだ虎丸は、次の間に控えている五郎兵衛のところに行き、正面で片膝を

虎丸がその気になると、竹内はようやく口元に笑みを浮かべ、表御殿に戻った。

「よし、分かった」

「五郎兵衛、聞いたか。登城するそうだ」

五郎兵衛は白い歯を見せ、すぐに真顔になる。

「まだ間違われる時がございますので、気を緩めてはなりませぬぞ。残りの二カ月

で、誰が見てもうっとりするほど美しい所作を身に付けていただきます」

「明日から励むゆえ、今日は、床払いの褒美をくれ」

「褒美？」五郎兵衛は、身構えた。「胸騒ぎがするのですが、何をお望みです」

「たまには温かい物を食べたい。泉屋《いずみや》に連れて行ってくれぬか」

五郎兵衛が目を見張る。

「とんでもない。ここまで来て、またひどい目に遭《お》うたらどうするのです。とんで

もない」

同じ言葉を繰り返す五郎兵衛は、がんとして許しそうにない。

「どうしても、だめか」

「なりませぬ！」

顔を横に向けた。

「分かりました。あきらめますよ」

肩を落とす虎丸をちらと見た五郎兵衛が、ため息を吐く。

「そのように悲しまないでください。晴れて登城を終えられた暁には、泉屋よりもっと良い料理屋にご案内しますので」

「まことか」

「お約束します。さ、稽古をしますぞ」

「よし」

気を引き締めた虎丸は、殿中の作法を繰り返し、忘れていることがないか確かめた。ここまで気を遣うのは、厳しい目が光っているからだ。殿中での礼式作法に非礼があれば、御目付役が即座に来て咎《とが》め、幕臣といえども、進退を問われる。

虎丸が聞いて驚いたのは、ある旗本が将軍へ謁見した折、畳の縁《へり》に手をついてしまったことがあるのだが、御目付がすぐさま現れ、下城を差し止められたことだ。

畳の縁には将軍家の葵《あおい》の家紋が入っているのだから、家紋を手で押さえるのは、不忠を咎められても文句は言えない。その旗本は、御家断絶まではいかなかったが、千石の領地を没収され、三十俵二人扶持《ぶち》に減封《げんぽう》。そして、殿中に上がることを許されぬ御家人に降格となった。

そのあいだ、厳しい詮議《せんぎ》があったのは言うまでもない。ゆえに、身代わりの虎丸にとって、殿中での非礼は命取りなのだ。

他にも、殿中の作法は細かく決められている。たとえば廊下を歩く時、老中・若年寄といった重役とすれ違う際は、身分に応じた礼式をとらねばならない。

無役の定光は、立ち止まって道を譲り、中腰の辞宜《じぎ》をしなければ、生意気な、ということになり、目を付けられる。

脇差が柱や建具に触れてもいけぬし、大声でしゃべるのも許されぬ。ひと昔前の戦国武将が生きていた時代には、不埒《ふらち》にも殿中で落書きをする者がいたらしく、今は、見つかれば切腹、という決まりがある。

最初にそれらをすべて教えられた虎丸は、殿中へ赴くのが恐ろしくなり、稽古の時には手が震えたものだが、稽古を重ねた今では、落ち着いてできるようになっている。

今日の稽古は、間違わずにできるかと思ったのだが、最後の最後に、失敗した。

頭を下げたまま、這《は》いつくばるような形で後下がりしている時、畳の縁を、わずかに手で押さえてしまったのだ。

　横で見ていた五郎兵衛が、容赦なく、手をたたく。

「これでは下城差し止めとなり、目付の厳しい調べを受けることになりますぞ」

「すまぬ。もう一度初めからだ」

　虎丸はやり直そうとしたが、五郎兵衛が止めた。

「今日はこれまでといたしましょう。夕餉《ゆうげ》までゆるりとしてくだされ。手足の動きが荒《あろ》うなりましたので、明日は今日より気持ちを落ち着かせて、焦らずやりましょう」

　虎丸はうなずいた。

「ちと、外の空気を吸うてくる」

「ではお供を」

　部屋に控えていた伝八が立ち上がったが、虎丸は一人にしてくれと言い、部屋から出た。

　後に続こうとした伝八を、五郎兵衛が止める。

「御家老に言われたばかりで、気持ちが落ち着かれぬのだ。しばし一人にしてさしあげよ」

伝八は心配そうだったが、五郎兵衛に従って部屋に残った。

一人で庭に出た虎丸は、池のほとりの石の上に立ち、黒鯉を捜した。泳いでいるのは緋鯉と金色の鯉だけで、どこにも見当たらない。

笹《ささ》の葉をちぎり、舟を作って浮かべた虎丸は、水面《みなも》で回る笹舟を眺めているうちに、瀬戸内の荒海を自由に行き来していた頃を思い出し、急に懐かしくなった。去年の今頃は、三次藩が上方《かみがた》に鉄を運ぶ船を守り、暑い瀬戸内の海を旅していた。それが終われば、次は広島藩の大切な米を大坂に届ける。米は、武家にとっては金と同じ。運ぶ船が瀬戸内の荒潮に沈まぬよう案内するのは気を使ったが、無事大坂に送り届けた時の、成し遂げた、という気持ちは、他にくらべようがないほど大きいものだった。

今年は、佐治が水先案内をするのであろうな。

佐治なら大丈夫だと思う反面、二度と関われない寂しさが込み上げてくる。

だが、泣いている場合ではない。己の肩には、葉月家に仕える者たちと、その家族の未来がのしかかっている。五百五十八人の者たちのため、やりとげなければ。

そう思うと、気持ちが落ち着いた。

夕餉までにもう一度作法の稽古をしようと思い、寝所に戻ろうとした時、ふと、誰かに見られている気がして顔を向けた。

築山に並ぶ松の木のあたりに気配があったので見ていると、その下側に並ぶ石のあいだから、一匹の子猫が出てきた。

白い子猫は虎丸に気付いたが、恐れることなく近づいて来る。どこかの飼い猫が迷い込んだのだろうか。尾道の亀婆が可愛がっていた小梅《こうめ》も、狭いところを行き来していたので、この屋敷の塀には、子猫が通れるほどの隙間があるのかもしれない。

虎丸はしゃがんで子猫に手を差し伸べ、舌を鳴らした。

「はっこい《おいで》」

子猫は鳴き、小走りで寄って来た。手に頭をこすりつけるところをみると、人に慣れている。

虎丸は抱き上げた。

「どっから来たん。んん？　ええ子じゃのう」

前脚の付け根を持って顔に鼻を近づけると、ほのかにいい香りがした。猫の匂いではなく、匂い袋のような香りだ。やはり、飼い猫なのだろう。奥御殿の誰かが可愛がっているのかと思い、その方角へ眼差しを向ける。

見られている気がしたのは、猫を捜してこちらに来ていた者がいたからか。

まさかな。

奥の者が竹垣を越えて表に来るはずはないと思いなおした虎丸は、子猫を抱いて自分の部屋に戻った。

その後ろ姿に向けられた眼差しが築山の木陰にあることを、虎丸はまったく気付いていない。

「はっこい？」

そう言って、不思議そうに首をかしげたのは、月姫だった。可愛がっている猫が部屋から出て庭に入ったので、垣根を越えてここまで追って来たのだが、殿方がいることに気付いて、慌てて身を隠していた。

猫を連れて行く若者が見えなくなったところで、月姫は立ち上がり、奥御殿に引き返した。

四

高島に見つかると叱られるので、月姫は庭に人目がないことを確かめて、石灯籠《いしどうろう》の陰から出ると、縁側まで急いだ。

廊下に、月姫様、と、自分を捜す侍女たちの声がする。

「ここです」

月姫はそう言うと、何食わぬ顔で部屋に入り、上座に着いた。

廊下に現れた二人の侍女が、安心した顔をして入って来た。

この部屋の中で一番年長の侍女・静《しず》が、気にかけた様子で言う。

「姫様、急にお姿が見えなくなりましたのでお捜ししました。どちらにまいられていたのでございますか」

「まあ、雪ノ介《ゆきのすけ》がいなくなったので捜していました」

「雪ノ介様が」静は部屋を見まわした。「見つからないのですか」

「庭の築山に入ってしまったので後を追ったのですが、垣根の向こうに行ってしまいました」

侍女たちは驚き、歳が月姫に近い十八歳の咲《さき》が、探る顔を向けた。

「まさか、姫様?」

「行ってはいません。だからこうして戻ったのです」

侍女たちは安心の息を吐いた。

月姫が訊く。

「高島は、まだ表向きですか」

「はい。戻られておりませぬ」

「そう」

見つからなくてよかった。と、月姫は安心する。雪ノ介を連れて行かれたあのお方は誰だろう、と思いつつ、侍女を相手に蒔絵《まきえ》や金箔《きんぱく》が雅《みやび》な蛤《はまぐり》の貝殻を緋毛氈《ひもうせん》に並べ、貝合わせを楽しみながら、高島が戻るのを待った。

貝合わせが上手な月姫は、二つがぴたりと合わさる蛤を次々と当てていき、対する侍女たちも、遠慮なく見つけ、最後は、どちらか先に見つけたほうが勝ちとなるところまできた。

「いきますよ」

月姫より五歳年上の静が、目を輝かせて蛤を見つめ、一つ手にして返す。金箔の中に、公家《くげ》の姫が描かれた物を置き、もう一つを取って合わせる。形はよく似ているが、合わせは違っている。

ああ、と、静が落胆の声をあげた。

「次は姫様でございますよ」

咲は負けが決まっているので、月姫の応援に回っている。

応じた月姫は、口角を上げて蛤を見つめ、一つを選ぶと、続いて二つ目を手にした。目をつむり、そっと重ねる。そして、十五歳の乙女らしい、きらきらした笑顔を浮かべた。

「合いました」

「お見事でございます」

咲が大喜びして、静は残念そうに眉尻《まゆじり》を下げ、唇を尖《とが》らせた。

「まあまあ、楽しそうですこと」

廊下の声に顔を向けると、高島だった。

静と咲は慌てて頭を下げる。

高島が薄い笑みを浮かべて言う。

「静、咲、わたくしは嫌味で申したのではないのですよ。定光様が床払いをされたのですから、笑ってもいいのです」

「はい」

声をそろえた静と咲は、歩みを進める高島に膝を転じて向き、頭を上げた。

高島は月姫のそばに行き、打掛の袖《そで》で隠していた子猫を見せた。

「雪ノ介！」

月姫は高島から抱き取り、頬をすり寄せながら、気になっていたことを訊いた。

「捜していたのですが、どなたが見つけてくださったのですか」

高島は一瞬目をそらしてためらったようだが、すぐに戻す。

「定光様が表の庭で見つけられたと、聞いています」

「殿が……」

あのお方が、定光様。ついしゃべってしまいそうになり、月姫は動揺をごまかそうとして、雪ノ介の顔に鼻を近づけたのだが、定光が同じようにしていたのを思い出し、はっとした。

急に真っ赤な顔をする月姫に、三人は不思議そうな眼差しを向ける。

「姫様、いかがされました」

もはや疑いの眼差しとなって訊くのは、雪ノ介が表に行ったことを知っている咲だ。

そんな咲をちらと見た月姫が、何度も首を横に振る。

「なんでもありません」

雪ノ介に眼差しを向けて、背中をなでてごまかした。

高島が下がってよいと言ったので、静と咲は貝合わせの蛤を片付け、部屋から出ていった。

二人は頭を下げたが、月姫は気付かないで、考えごとをしている。

あのお方が、定光様。はっこい、とか、どっから来たん、などと妙な言葉をしゃべっておられたのは気になるけれど、こころ優しいお方に違いない。雪ノ介を優しく抱かれた時のお顔は穏やかで、美しく。

「姫様、姫様！」

呼ばれていることにはっとした月姫は、じっとりとした、疑う眼差しを向けている高島に何度もまばたきをして、笑みでごまかした。

「なんでしょう」

「先ほどからうわの空で、様子が変でございますよ」

「そのようなことはありませぬ。ねえ、雪ノ介」

「ほんとうに？」

「ええ」

目を細める高島。

「もしや、雪ノ介を見つけてくださったのが定光様と聞き、お気になられたのではないですか」

月姫は、ここぞとばかりに訊く。

「殿は、いつこちらにお渡りでしょう」

「やはり」

毅然《きぜん》とする高島に、月姫が言う。

「今日はそのことで、表に行ったのではないのですか」

高島が微笑む。

笑顔が怖いと思った月姫は、身を引いた。

「近々、お渡りなのですか」

「怖いのですか」

怖いのは、何かを含んだ高島の笑顔のほうだと月姫は思うのだが、高島は、乙女の月姫が殿方を恐れていると思っている。

「そのように怖がらなくても大丈夫です。前にも申しましたとおり、葉月家の御当主として立派にお役目を務められるまで、奥向きに渡られることはございませぬ」

「そ、そうですか」

「竹内殿の話では、ようやく床払いが叶ったばかり。まだまだ、これからとのことにございますので、少なくとも半年は、この高島が指一本触れさせませぬ」

「…………」

高島が驚いたような顔をした。

「姫様、浮かぬ顔をされていかがなさいました」

わたくしが浮かぬ顔をしている？　まさかと思い、両手を頬に当てた。そしてすぐに、雪ノ介を抱いて立ち上がった月姫は、縁側に出た。

いいことを思いついた月姫が、笑顔で振り向く。

「高島、殿が床払いをされたのは、五條天神《ごじょうてんじん》様のおかげですから、お礼参りをいたしましょう」

「それはよいお考えです。近いうちにまいりましょう」

高島が快諾したので、月姫は笑みでうなずいた。

「次は殿のために、御出世祈願のお守りを求めましょう」

「姫様、今なんと？」

「いいえ、雪ノ介に申したのです。雪ノ介、何か食べましょうね」

逃げるように場を外す月姫の背中を見ている高島は、ますます疑う顔をして、

「怪しい」

と、つぶやき、首をかしげた。

五

月姫の気持ちが揺らぐ中、虎丸にまた、困難が降りかかろうとしていた。

竹内の使いで江戸市中へ出ていた葉月家家臣の六左《ろくざ》は、日本橋《にほんばし》の高札場で、虎丸を捜す町奉行所の貼り札を目にして、そのことを竹内に報《しら》せねばと思いつつ、筑波《つくば》山護持院元禄寺《さんごじいんげんろくじ》横の空地まで帰っていった。そして、辻《つじ》番屋の前にさしかかった時、侍が番人と話しているのが目にとまった。こちらに背中を向けている侍の声が大きく、六左にも聞こえた。

「確かにこの者を見たのか」

訊く侍に応じた番人が、間違いございません、怪しいと思い見ていたので、よく覚えています、と言った。

侍の手には紙が持たれ、番人はそれをのぞき込んでいる。

人相書だと思った六左は、通り過ぎる時にさりげなく見た。そして目を見張った六左は、番人と侍に動揺を見られないよう足早に立ち去り、路地を右に入った刹那《せつな》に走った。

虎丸は何も知らず、稽古に励んでいた。

「そう、今のはよかったですぞ。若殿、もう一度やりますか」

五郎兵衛に褒められ、虎丸はその気になった。

「よし、やろう」

廊下に出た虎丸は、謁見の間に案内する茶坊主役の伝八の後ろに立ち、ややうつむき気味に、おそれおおい様子で歩みを進める。

上段の間にいる五郎兵衛を将軍に見立て、顔を見ぬように正座すると、両手をついて平伏した。

「それまで」

竹内の声がしたのは、内廊下にいる虎丸の背後からだ。

顔を向けた虎丸が訊く。

「猫の飼い主が分かったのか」

「それどころではござらぬ。中へお入りください」

「慌てていかがした。何かあったのか」

訊きながら寝所に入ると、竹内は中庭側の障子を閉めて、虎丸の前に正座した。内廊下では、六左が控えて人が来ぬよう警戒している。

竹内が虎丸に膝を進め、真顔で声を潜める。

「六左が、芸州虎丸を探索する侍を筑波山護持院横の空地のところにある辻番屋で見たそうです」

虎丸は驚いた。

「近いのう」

「さよう。おそらく公儀の御目付役かと。人相書を持った探索の手がすぐそこまで迫っておりますので、何があろうと、覆面を着けて屋敷から抜け出してはなりませぬぞ」

「それなら心配ない。今は、謁見のことで頭がいっぱいだ。話はそれだけか」

「お約束くださいますか」

「約束する。ところで人相書と言うたが、わたしの顔が書かれているのか」

「六左が見たのは、覆面のお姿だったらしいのですが、辻番の者が、覚えていたようです」

虎丸の頭に、帰る時にじっと見てきた番人の顔が浮かんだ。

「ああ、あいつか」

「やはり、見られていたのですか」

「帰ることに必死で、辻番に見られないようにすることが頭になかった。まあ、覆面で隠していたので、分かりはしないだろう」

虎丸の言葉に、竹内は安心したようだ。言いたかったのはそれだけです、稽古の邪魔をしたと言って頭を下げた。

部屋を辞そうとする竹内に虎丸が訊く。

「ところで、子猫はどうなった」

「飼い主に返しました」

竹内はあっさり言うので、さらに訊く。

「どこの猫が入り込んでいたのだ」

「奥御殿で飼われている猫です。目を離した隙に、こちら側へ来たのでしょう」

「そうか。ともあれ、飼い主のもとに帰ったならよかった」

竹内がうなずき、珍しく笑みを浮かべた。

「お言葉も、板についてまいりましたな。その調子ですぞ」

「そう言ってもらえると、明日からの励みになる」

「それはようございました」

竹内は、外に出るなと念を押し、家老部屋に帰った。

見送った虎丸が、五郎兵衛に言う。

「よほど信用がないらしいな。出やしないのに」

「探索のこともありますし、怪我をして戻られたことが、御家老には強烈過ぎたのです。あのご様子では、明日も念を押されますぞ」

「わたしも馬鹿ではない。探索の目がある町に行きはせぬ」

六左と共に廊下を見張っていた伝八が、外からの声に応じて顎を引き、虎丸に顔を向けた。

「若殿、夕餉が調いました」

「分かった」

虎丸は上座に座る。

程なく、伝八と共に入ってきた二人の若い家来が、虎丸の前に膳《ぜん》を並べた。玉子焼き、茄子《なす》の甘煮、大根の煮物、塩サバの焼き物、豆腐とわかめの汁が並び、粥《かゆ》ばかり食べていた頃にくらべれば豪勢だが、毒見は欠かさずされていて、すっかり冷めている。

冷めても旨《うま》いように味が調えられているのは、台所方に感謝すべきところだ。

虎丸は残さず食べ、湯に入り、今日も一日終えられたことを、こころの中で亡き母に感謝した。母への感謝は広島でもしていたことだが、この葉月家に入ってからは、川に沈められても生きて戻れたので、守られている気持ちが強くなっている。目に見えぬ力を信じることは、生きていくために必要なことだと教えてくれたのは、亀婆だ。今夜はもう、小梅と寝ているのだろうか。

猫のように丸まって眠る癖がある亀婆のことを想うと、広島のみんなとやけに会いたくなった。

「帰りたいのう」

声にすれば湯殿の外にいる者に聞こえるので、湯に顔を沈めて言う。

夜は悪夢を見ることなく眠り、翌日も、朝から晩まで謁見の稽古をした。この繰り返しで、何事もなく日が過ぎていった。招かれざる者が葉月家の門をたたいたのは、夏の暑い盛りが終わろうかという頃の、ある日のことだ。

稽古の仕上げを目指し、寝所で虎丸と竹内が向き合っているところへ、血相を変えた五郎兵衛が来た。

「御家老、公儀目付役がまいられました」

竹内が真顔を向ける。

「御用のむきは」

「御上の命で芸州虎丸と名乗る者を捜しているので、十五歳以上の男はすべて、顔を検《あらた》めるとのことです。罰を与えるのではなく、川賊を捕らえた手柄を称《たた》えるためゆえ、こころ当たりがある者は、隠し立てせずに申し出てほしいとのことです」

「虎丸殿の正体を知られるのは、我らにとっては命取りだ」

「ごもっとも」

「待て。御目付役は、顔、と申されたか」

「それがその、武蔵屋の者も来ております」

虎丸は愕然《がくぜん》とした。

「武蔵屋の、誰が来とるん」

「あるじの小太郎と、番頭の清兵衛《せいべえ》、そして、船手方の下垣《しもがき》殿です」

「なんでや、小太郎殿は、黙っとってくれると思うたのに」

動揺して芸州弁になっていることに気付いていない虎丸に、竹内が厳しい眼差しを向ける。

「公儀は芸州虎丸の手柄を称えるために捜しているのですから、よかれと思うて、従ったのでしょう」

「そうか。ほいじゃけど妙じゃのう。小太郎殿は、わしがここにおることを知らんはずなんじゃが」

これには五郎兵衛が答えた。

「武蔵屋がここを言うたわけではないようです。先日六左が申していた、空地近くの辻番が怪しい覆面の男を見たと証言したことで、御目付役はこの一帯の家々を調べて回っていたそうです。残るは葉月家だけとなっておりましたが、あるじが重病ゆえ遠慮していたらしく、床払いのことが耳に入り、本日まかりこしたとのこと」

「床払いが、このようなことになろうとは思いもしなかった」

厳しい口調の竹内をちらと見た五郎兵衛が、虎丸に言う。

「武蔵屋小太郎が御目付役に従ったのは、褒美のことと、もう一つ、切実なわけがございます」

虎丸が身を乗り出す。

「何かあったんか？」

「川賊がまた出はじめたそうで、芸州虎丸を川賊改役《あらためやく》に任ずるという御上の御意向を知り、従ったのではないかと」

小太郎の思いを理解した虎丸は、神妙に顎を引く。

「また、頭の荷船が襲われたんか」

「それは聞いておりませぬ。御目付役を待たせるのは心証を悪くします。いかがしますか」

「病気が再発したことにするか」

虎丸が言うと、竹内は首を横に振る。

「御目付役を甘く見てはなりませぬ。それではかえって怪しまれますので、ここは従いましょう」

虎丸は焦った。

「ばれたらどうするん」

「案じなさいますな。すっぽんの一味が捕らえられた時、若殿はまだ床上げをしていなかったのですから、外に出ているとは思いますまい。よって、若殿のお顔を検めることはないはずです」

「御目付役を甘く見るなゆうたじゃないか。ほんまに大丈夫じゃろうな」

「もしもの時は、身代わりがばれぬ言いわけをぶつけてみます。それでも疑われた時は、潔くするしかありませぬ。五郎兵衛、ただちに皆を大広間に」

「はは」

五郎兵衛が去ると、竹内は虎丸に顔を戻した。

「急いで支度を。それから、先ほどからひどく芸州弁が出ております。大広間では命取りですぞ」

虎丸は言われて気付き、口を手で塞《ふさ》いだ。

伝八がそばに来て片膝をつく。

「さ、お支度を」

虎丸は口を塞いだままうなずき、伝八に従って着替えに行った。

六

「よいか武蔵屋の者ども、芸州虎丸殿を見つけなければ、川賊を江戸から消すことはできぬと肝に銘じて、顔をよう見るのだぞ」

「承知いたしました」目付役に頭を下げた清兵衛が、前にいる小太郎に言う。「頭、よろしいですね。今のままでは荷車に仕事を取られます。江戸の川舟屋のためにも、頼みますよ」

「分かっているよ」

小太郎は腕組みを解いて振り向き、目付役に念を押す。

「山根様、今日までお手伝いをさせていただきましたが、こちらの御家にいなさらなかったら、御上はどうなさるおつもりなので？」

「船手方を増やしても川賊が一向に減らぬのは、なめられているからだ」

同道していた下垣が不服そうな顔をしたが、山根真十郎《しんじゅうろう》は構わず続ける。

「すっぽん一味の頭は、船手方の元与力《よりき》ということもあり、川賊どものあいだでは恐れられていた。それが、たった一人に打ち負かされ、捕らえられたのだ。芸州虎丸を川賊改役に据えただけで、川賊は恐れをなし、江戸の川から消える。御上はそうお考えゆえに、なんとしても見つけねばならぬ。へたな義理立てをすれば、お前たち川舟屋の未来はないものと思え」

「そこまで言いなさる」

「ほんとうのことだ。筑波山護持院横の空地のところにある辻番より北と西にある辻番の者は、芸州虎丸と思《おぼ》しき者を見ていない。ゆえに、葉月家にいなければ、神《かん》田川《だがわ》を渡った様子もないゆえ、捜し人は忽然《こつぜん》と消えたことになる。川賊どもに苦しめられとうなければ、よう顔を見て、逃さぬことだ。よいな」

「分かりやした」

小太郎が気を引き締めて待つこと程なく、五郎兵衛が出てきた。

「お待たせしました。一同集まりましたので、こちらへ」

山根が訊く。

「坂田殿、手はずは言うたとおりにされたか」

「万事心得ております」

「うむ。では、皆の者、いつものとおりにな」

山根は小太郎たちに言うと、五郎兵衛と表玄関から入り、下垣と小太郎たちは、別の者によって庭へ案内された。

山根が言う手はずとは、庭にいる三人の前に、葉月家の者たちが一人ずつ廊下に立ち、顔を見せるというやり方だ。これまで小太郎は、本業を信《のぶ》に任せて清兵衛と回り、芸州虎丸を捜してきた。

虎丸がすっぽんの一味を捕らえてから今日まで、同業の者が新手の賊に襲われ、何人も命を落としている。小太郎の店《たな》もこれから繁忙期を迎えるので、よそ事ではないのだ。

「虎丸様、この御家にいてください」

拝んだのは清兵衛だ。初めは虎丸を怪しんでいた男が焦るのは、先ほどの山根が言ったとおり、ここで見つからなければお手上げだからだ。

庭に入った小太郎は、大広間に集まる葉月家の家来たちを前に、気を引き締めた。玄関から案内されて来た山根が、他家の時と同じく廊下に立ち、庭に向いて正座した。家の者ではなく、顔を検《あらた》める小太郎たちの表情を見て、虎丸の正体を隠そうとする嘘を見抜こうとしているのだ。

五郎兵衛が山根に言う。

「これへ集めました者は、下段の間に控えるのが侍三十八名、庭に控えますは、足軽と中間合わせて七十八名でござる」

小太郎は、玉砂利が敷かれた庭で片膝をつく者たちに顔を向けた。七十八人の者たちは皆押し黙っているが、これはなにごとか、という不安が、沈黙の中に漂っている。

あるじが長らく病床に臥《ふ》せていたことを知らされていた小太郎は、床払いをして、ようやく明るい兆しが見えたであろう御家を騒がせた気がして、申しわけないと思った。

山根が立ち上がり、懐から人相書を出して皆に見せながら言う。

「これより一人ずつ、庭に控える三名の前に出てもらうが、その前に、この人相書を見てもらいたい。隣の者の顔と似ていると思う者は、遠慮のう教えてくれ」

清兵衛が小太郎に言う。

「あれは、昨日まで使っていたのと違うようですが」

聞いていた下垣が教えてくれた。

「お前たちの嘘を疑い、すっぽん一味の者にも訊いて書かせたらしい」

清兵衛が驚いた。

「そんな、手前どもは覚えていることを正直に申しましたのに。あれは、虎丸様の顔じゃございませんよ」

「まあ見てろ、次はお前たちのだ」

下垣が言ったとおり、山根はもう一枚出して見せた。

「では、こちらはどうだ」

人相書を見ても、葉月家の家来たちは黙っている。

山根は人相書を下ろし、荒々しく懐に入れ、一人ずつ順に前に出るよう命じた。

「まずは座敷の者たちからだ。端の者から出られよ」

言われたとおり、家来たちは老若問わずに、一人ずつ廊下に出た。

初めの二人は四十代だったので、小太郎たちは苦笑いをして下がるよう促し、若い家来が立てば、目を皿のようにした。

半刻《はんとき》(約一時間)もかけて一人ずつ顔を見たが、小太郎と清兵衛が覚えている顔はいなかった。

最後の中間は五十代だったので、見るまでもない。

清兵衛が落胆した。

「とうとう、見つかりませんでしたね」

小太郎が山根に言う。

「神田川の先の御屋敷も捜してみますか」

「待て、まだ終わってはおらぬ」

山根はそう言うと、五郎兵衛に顔を向けた。

「坂田殿、御簾の奥におられるのは、若殿でござるな」

五郎兵衛は動揺した。

「い、いかにも。ですが山根様、若殿は病床に臥しておられましたので、違いますぞ」

「ごあいさつがまだでござった。よろしいか」

「…………」

とまどう五郎兵衛に代わって、上段の間の前にいる竹内が声を発した。

「よろしゅうございます。こちらへお入りください」

五郎兵衛を見たまま立ち上がった山根は、庭にいる小太郎に顔を向けた。

「しかと見るように」

そう言うと部屋に入り、居並ぶ家来たちの前に歩みを進めた。そして、虎丸の正面で直角に曲がって二歩進んだところで正座し、背筋を伸ばすと竹内に横目を向ける。

「御簾で顔が見えぬ。上げられよ」

竹内は、虎丸に膝を転じて軽く頭を下げた。

「殿、よろしゅうございますか」

「うむ。上げよ」

「はは」

竹内は、仰々しく山根に頭を下げて立ち上がり、自らの手で御簾を上げた。

虎丸は山根に両手をつく。

「お役目、ご苦労様にございます。わたしは長らく病に臥せ、家督を許されたにもかかわらず一度も登城をしておりませぬゆえ、山根殿とはお初にお目にかかります。以後、お見知りおきのほどを」

山根は、薄い笑みを浮かべた。

「どうぞ、お手をお上げください」

「はは」

虎丸は、少しだけ顔を上げた。

庭にいる小太郎と清兵衛がのぞき込むようにしているのが目の端に見えたが、虎丸は微動だにしない。

山根が言う。

「思うていたより、顔色がよろしゅうございますな。申し遅れました。それがし、目付役の山根真十郎と申します。諸大夫様にはご生前、ずいぶん世話になり、懇意にさせていただきました。それがしのこと、聞いておられませぬか」

山根は穏やかな目を向けている。

両手をついたままの虎丸は、間を空けずに答えた。

「申しわけございませぬ。熱に浮かされることが多ございましたので、父との語らいは、よく覚えておりませぬ」

「さようか」

山根はじっと見ていたが、虎丸は、顔をうつむけたままだ。

「その姿勢は疲れましょう。それがしに遠慮はいりませぬので、面をお上げくださ
い」

「はは」

上げようとしない虎丸に、山根が柔らかい笑みを浮かべる。

「定光殿、ささ、お上げください」

こう言われては、従うしかない。

虎丸は両手を膝に置き、眼差しを山根の胸元に向けた。

庭の三人が尻《しり》を浮かせて見ているのが分かったが、虎丸は顔色一つ変えずに前を
向いている。

山根が顔を庭に向けた。

「どうじゃ、定光殿は芸州虎丸か」

三人が答えないので、山根が命じる。

「構わぬ。よう見よ」

「はは」

下垣が応じて、小太郎と清兵衛を濡《ぬ》れ縁の下に連れて寄った。

目を伏せ気味にして、涼しい顔で座っている若殿を見た小太郎は、首をかしげた。

「このお方ではございません。なあ、清兵衛」

「はい。虎丸様は、なんと言いますか、野武士のような荒々しさがあるお人でしたので、別人かと」

山根が二枚の人相書を出して膝下に置き、正面にある顔と見くらべた。

絵を見た竹内が、二度ほどまばたきを繰り返した。一枚はいかにも悪人そうな目をしており、顔が狐のように細い。一方は、額に可笑しな四角い痣《あざ》があり、こちらも目つきが鋭い。どちらもたくましい男に描かれ、高貴な顔つきの定光に瓜《うり》二つの虎丸とは、まったく結びつかないのだ。

腕組みをして見くらべていた山根が、あきらめたような息を吐き、紙を懐に入れて居住まいを正した。

「これにて御用は終わりにござる。定光殿、邪魔をいたしました」

山根は神妙に頭を下げると、立ち上がり、きびきびとした仕草で廊下に出た。

「小太郎」

「はは」

「芸州虎丸は、江戸にはおらぬかもしれぬ。これからは、いっそう用心するしかないぞ。今日までご苦労だった。ここでお別れだ」

山根はそう言い置くと、虎丸を見ることなく帰って行った。

小太郎はもう一度、大広間に眼差しを向けたのだが、上段の間の御簾が下ろされ、そこに若殿の姿はなかった。

「小太郎、帰るぞ」

下垣に言われて、小太郎は立ち上がり、清兵衛と共に庭から出た。

七

帰って行く小太郎を物陰から見ていた虎丸は、きびすを返して廊下を歩み、五郎兵衛と伝八を従えて寝所に戻った。部屋に入るなり、すべての障子を締め切り、真ん中で大の字になった。緊張が切れて、どっと疲れが出たのだ。

「危なかった。心ノ臓が口から出るか思うた」

「若殿、まことに、よう凌《しの》がれました」

そばに正座する五郎兵衛が、喜びを隠せぬ笑みを浮かべている。

伝八が茶を持って来てくれたので、虎丸は起き上がって受け取り、一息に飲んだ。

湯呑《ゆの》みを受け取りながら、伝八が言う。

「今日の調子ですと、江戸城でも心配いりませぬぞ」

虎丸は首を横に振る。

「いいや、今のままじゃ無理じゃ。最後らへん《あたり》は、頭の中が真っ白になったけえ、江戸城で同じようなことになったら、芸州弁が出るかもしれん」

「今のようにですか」

五郎兵衛に言われて、虎丸は目を見張った。

「ほんまよ」

「気を付けなされ」五郎兵衛が笑みを浮かべる。「されど、大広間ではご立派でした。やはり、血……」

うっかり、血のおかげですな、と言いかけた五郎兵衛は、安芸守との約束を思い出し、慌てて口を閉じた。

「血がどうしたというのだ」

虎丸に訊かれて、五郎兵衛は目を泳がせる。

「血のにじむような稽古の甲斐《かい》あり、若殿としての振る舞いが染みついていると、申し上げたかったのです。あはは」

「あはは、ではない。確かに稽古に励んだが、目付役にばれなかったのは、小太郎殿のおかげだと思う」

伝八が訊く。

「小太郎殿が、若殿が芸州虎丸と分かっても、黙っていてくれたとお思いですか」

「わたしは顔を見られているのだ。そうとしか思えまい」

「そうでしょうか」五郎兵衛が言う。「それがしなどは、初めて会《お》うたお人に三日も会わなければ、顔を忘れてしまいますぞ」

伝八が続いて訊く。

「お顔を見られたのは、ほんの短いあいだではないのですか」

「まあ、そうだな。可笑しな日焼けを笑われたので、すぐ頭巾《ずきん》を被《かぶ》った」

「ならば、うろ覚えなのかもしれませぬぞ」

五郎兵衛がうなずく。

「さよう。それがしも、気付いて知らぬふりをしているようには思えませなんだ。まして、川賊が出て困っているなら、ご活躍をされた若殿に川賊改役になってほしいはず。再会を喜び、助けを求めましょう」

「そうか」

虎丸が納得する前で、伝八が不服そうな顔をする。

「しかし御目付役というのは、どなたも偉そうですね。御先代のあの時も、偉そうなお人でした」

五郎兵衛が正座している伝八の足を手で打ち、伝八はその先の言葉を濁すように、話題を変えた。

虎丸は、その意味が何か分からなかったが、伝八に川賊のことが気になるかと訊かれて、苦笑いを浮かべる。

「気にならぬと言えば嘘になるが、芸州虎丸として町へ出ても、この前のように一人で捕らえられるとは思わぬ。登城を果たし、葉月家の当主として認められれば、川賊改役を願い出ようかと思うのだが」

「いやぁ、それは」

五郎兵衛が微妙な顔をした時、内廊下の障子が開けられた。入ってきた竹内が、真顔で言う。

「川賊改役など、願われてはなりませぬ。船手方と町奉行所に任せておけばよいのです。まだまだ身に付けねばならぬことが山ほどありますから、町のことはお忘れいただき、葉月家を潰さぬことだけを、お考えください」

竹内の言うとおりだ。定光殿になりきらねば、ここにいる者たちが腹を切ることになり、広島にも害が及ぶ。

「あい分かった」

虎丸は素直に従い、外の空気を吸うと言って、表の庭に出た。

今日は池の主《ぬし》はいるだろうかと思いながら石の上に立ち、黒鯉を探した。見当たらないので、反対側に回ってみる。池に引き入れられた水が落ちるそばに浮く蓮の葉の下で、大きな尾ひれが揺らめいているのが目にとまった。

緋鯉が葉の下から出てくると、それを追うように、池の主《ぬし》が向きを変えて出てきた。二匹が並んで泳ぎ、虎丸の足下に近づくので、しゃがんで眺めた。

七十五年以上ものあいだこの池を守っているのだろうと思うと、あやかりたくなる。黒鯉にとってこの池がすべてのように、今の虎丸には、二千坪の、葉月家の屋敷がすべてなのだ。

ここを守るために広島を離れて来たのだから、情に負けてはいけない。小太郎たちのことも、川賊のことも忘れよう。葉月家を守るためだ。

自分にそう言い聞かせながら、悠々と泳ぐ鯉を目で追っていた時、また、誰かに見られているような気がして築山を振り向いた。あるのは、庭木だけだ。

白い子猫が、ふたたびこちらに来ているのだろうか。

そう思い立ち上がった時、

「姫様、月姫様どちらにおいでです」

わりと近くで声がしたので、顔を見られてはまずいと思った虎丸は、その場から逃げ去った。

庭木の陰に隠れていた月姫は、胸に抱いている白い子猫に頰を寄せて安堵《あんど》の息を吐いた。

「雪ノ介、高島に叱られるので戻りますよ」

そう言って立ち上がり、気になる人が去った庭に眼差しを向けた。何かを感じ、不思議そうな顔で胸に手を当てた月姫は、虎丸が立っていた場所を見つめていたのだが、ふたたび名を呼ばれて、奥御殿へ戻った。

八

その夜、柳沢吉保は、呼び出しに応じて屋敷を訪ねて来た山根真十郎を茶室に招き、一服の茶をたてた。

差し出した茶碗《ちゃわん》に手を伸ばす山根を横目に、柳沢は茶釜に向いて居住まいを正した。

「結構な、お手前でございます」

落ち着きはらった山根の声に応じて茶碗を引き取り、湯を流しながら訊く。

「今日はいかがであった」

「最後の望みをかけておりましたが、葉月家にも、芸州虎丸はおりませぬ」

「もはや芸州虎丸は、望めぬか。川賊改役にふさわしき者を、改めて捜すしかあるまい」

「お役に立てず、申しわけございませぬ」

「して、葉月家の倅《せがれ》の様子は」

「頬はややこけた様子ですが、顔色もよく、床上げをしたのは偽りではないようです」

「そうか。では、いずれ登城するか」

「おそらく近いうちに、病気平癒の届けを出すものかと」

「重い病と思うていたゆえ、気にもとめなかった」

「上様が、お喜びになられましょう」

茶碗を布の上に置いた柳沢にじろりと睨まれ、山根は目を伏せた。

「これは、出過ぎたことを申しました」

「よい」柳沢は、口元に笑みを浮かべる。「今日はご苦労だった。下がれ」

「ははあ」

両手をついて頭を下げ、身を引いて躙《にじ》り口から退室した山根が戸を閉めると、柳沢は、己のために茶をたて、口に運んだ。何を考えているのか、茶碗を戻す顔は険しく、茶を飲んでもこころが落ち着かぬようだ。

腰から扇を抜き、右手で開いて閉じるを繰り返しながら物思いをしていたが、

「葉月の倅が、来るか」

切れ者にふさわしくない憎々しい顔で一言吐き、閉じた扇の骨を折った。

第二話　奪われた米

一

竹内与左衛門は、月姫の父・松平筑前守近寛《まつだいらちくぜんのかみちかひろ》より火急の呼び出しを受け、家来と中間を供に上屋敷へ向かった。新物が好きな江戸庶民たちのあいだでは早くも、今年の米は旨《うま》いという声があがっている頃の、とある日のことである。

出雲雲南藩《いずもうんなんはん》二万石・松平家の上屋敷は、江戸城桜田御門《さくらだごもん》内にある。

急の呼び出しだが、竹内はぬかりなく手土産を日本橋で求め、呉服橋御門《ごふくばし》から曲輪内《くるわうち》に入った。中町奉行所の門前を通って辻《つじ》を右に曲がり、和田倉御門《わだくら》へ向かう。

老中・若年寄など、幕閣の屋敷が並ぶ大路は、日本橋の喧騒《けんそう》が嘘のように静かだ。

自分や供たちの足音が、漆喰壁《しっくい》のあいだで大きく響く気がする。そして、大名屋敷の塀の中からは、野鳥の鳴き声がしてくる。

和田倉御門前に行くと、門番の一人が歩み寄り、用件を訊《き》いてきた。態度は厳しくとも、平時なので、形ばかりの確認だ。

竹内は姓名と用件を告げて通してもらい、大番所の前を、馬場先堀《ばばさきぼり》沿いに真っ直ぐ進む。程なく馬場にさしかかった時、馬にまたがる侍が遠目に見えた。竹内たちの方角に向かって来ると、三間（およそ六メートル）ほど離れた横を颯爽《さっそう》と走り過ぎて行った。

栗毛の名馬を馳《は》せる若侍は、この場所柄、幕閣の親族であろう。馬場には、多数の家来が同行しているようだった。

手綱を操り、馬の向きを変えた若侍が、はっ、と声を発して引き返し、馬足を速めて走り去っていく。

目で追っていた竹内は、亡き定光のことを思い出していた。

病弱ゆえ剣術はあきらめていた定光は、馬だけは、身体の調子がいい時に廏《うまや》に行き、触れていた。乗るのは難しいとしても、触れ合うことでこころが安らぐのだと笑っていた十二歳の頃の顔が、今も目に浮かぶ。

そういえば、虎丸の馬術はどれほどなのだろうか。近いうちに、密《ひそ》かに技量を見ておかねば。

そんなことを考えながら馬場の横を通り過ぎ、馬場先御門の大番所の前を右に曲がった。ここも静かで、人はいない。竹内たちは黙然と歩み、大名屋敷のあいだの小路《こうじ》を西《にし》ノ丸大手門《まるおおてもん》に向かって真っ直ぐ行き、門前のひらけた場所に出たところで、左に曲がった。

松平家の表門に着いたのは、葉月家を出て、およそ一刻《いっとき》（約二時間）後だ。日はまだ傾きはじめたばかりなので、言われていた夕刻までには間に合った。門まで出迎えた用人の案内に従った竹内は、家来たちとは玄関前で別れ、表御殿の部屋に入った。

人払いがされた静かな部屋で待つこと程なく、廊下に筑前守が現れたので、竹内は上座に向かって平伏した。

部屋に入り、正面に正座した筑前守が、面を上げよ、と言うのに従い、手を一度膝《ひざ》に置き、続いて手土産を差し出した。そして布包みを取り、引き下がる。

土産の箱を見た筑前守が、表情を和らげた。

「松屋《まつや》の黒糖まんじゅうとは、気が利くな。わざわざ遠回りをして求めてくれたのか」

「若殿が、さよういたせと」

あくまであるじを引き立てる竹内の気配りを見抜いた筑前守が、目を細める。

「さすがは諸大夫殿が見込んだ男だ。わしの家来にほしいほどの者よ」

「滅相もございませぬ」

「せっかくじゃ、さっそくいただこう」

筑前守は桐の箱を開けて一つ手に取り、口に運んだ。旨いと言い、嬉《うれ》しそうな顔でまんじゅうを見ていたが、ところで、と、話を切り出す。

「近頃、月の様子がおかしいとの報《しら》せを高島から受けたが、まさか、高島に内緒で月と婿殿を会わせてはいまいな」

探るような眼差《まなざ》しは厳しい。

「そのようなことは決してございませぬ」

竹内は否定したが、内心では、まさか、と思っていた。虎丸が雪ノ介を表の庭で見つけて来たのは、つい先日のことだ。言われてみれば、あれから虎丸も、庭に出ることが多くなっている。雪ノ介を見つけたことをきっかけに二人は庭で顔を合わせ、密かに会っているのだろうか。いや、虎丸は、高島を月姫と思い込んでいるふしがある。見破られるのを恐れているのだから、会うはずはない。

あれこれ考えていると、筑前守が言う。

「婿殿は床払いをしたと申しても、元々身体が弱い。おぬしが後継ぎを一日も早《はよ》う願う気持ちは分かるが、前にも申したとおり、旗本として立派な役目を拝命するまで、指一本触れさせてはならぬ」

筑前守は何ゆえ、役目にこだわるのだろうか。やはり、身代わりを怪しんでいるのか。

竹内は確かめたくなった。

「おそれながら」

竹内が両手をつくと、筑前守はまんじゅうを置いた。

「うむ。申せ」

「登城を果たしてもお役目をいただけなかった時は、月姫様をいかがされるおつもりでしょうか」

「今日は、そのことでおぬしを呼んだのだ。婿殿が登城する時は、葉月家の行く末が決まる時じゃ」

やはり身代わりを疑っていると竹内は思い、背筋が寒くなった。

「登城せぬほうが、葉月家のためになりましょうか」

筑前守は、そういう意味ではないと言って首を横に振る。

「床払いをしたことは、上様の耳にも届いている。わしは今朝、城で柳沢様に呼び止められ、大老部屋に招かれて話をした。柳沢様は、定光の床払いをまずはめでたいと申され、諸大夫（定義）の息子が治ったか、と、上様が気にかけておいでだとお教えくだされた」

「さようでございますか」

竹内は、それはそれでまずいことだと思ったのだが、おくびにも出さない。

ここからがだいじだと、筑前守が言う。

「上様は、婿殿が謁見を果たした暁には、亡き諸大夫殿の後を継がせ、小姓組番頭《ばんがしら》を命じたいと、お考えらしい。だが、おぬしも知ってのとおり、いきなりは難しい役目だ。ゆえに、まずは見習いの小姓として、上様のそばに仕えさせたいと、柳沢様はおおせであった」

竹内は焦った。今小姓を命じられれば、虎丸は必ずぼろを出す。将軍綱吉《つなよし》に芸州弁で話しかける虎丸の姿を想像した竹内は、軽い目まいがして、瞼《まぶた》をきつく閉じて頭を振った。

それを見ていた筑前守が、

「やはりおぬしも、わしと同じ考えか。無理だと思うのだな」

と、言うので、竹内は我にかえり、はっとした。

「………」

「竹内、わしには正直に申せ」

今の若殿は身代わりの者だと言えば、筑前守は怒り、この場で腹を切れと言うだろう。虎丸とて、ただではすまぬ。葉月家は終わりだ。

竹内は思案し、居住まいを正した。

「おそれながら、我が殿は幼き頃より病弱ゆえに、さして剣術の稽古《けいこ》をされておりませぬ。先代と同じ役が務まりましょうか」

筑前守が、険しい顔で腕組みをした。

「そのことよ。わしはこたびの話、柳沢様の謀略ではないかと思う」

「謀略……」思わぬ言葉に、竹内は面食らった。「何ゆえでございます」

「柳沢様は、病弱の婿殿が剣を遣えぬどころか、馬にもろくに乗れぬことを承知の上で、小姓組番頭の役目をさせようとしているのだ」

「しかし、小姓組番頭のお役目は上様から申されたことでは」

「それは、上様から直《じか》に聞いたことではないので分からぬぞ。わしが言いたいことが分かるか」

「すべて、柳沢様のお言葉だと」

「わしは、そう思う。婿殿が幼い頃から病弱だったことは、上様もご存じであろうから、小姓組番頭をさせようとは思われぬはずじゃ。柳沢様のお考えとしか思えぬ」

「しかし柳沢様は、我が殿が剣術と馬術を遣えぬことを、何ゆえご存じなのでしょうか」

「婿殿を見舞った時に、柳沢様を甘く見るなと申したであろう。あのお方は、気になる者がいれば、徹底してお調べになる。伊達《だて》に、今の地位へ昇りつめておられぬ」

「当家をお調べになられたと」

竹内が鋭い眼差しをするので、筑前守は苦笑いをした。

「ちと大仰に言い過ぎた。間者を送り込むといった、物騒なことではない。婿殿の病弱は、諸大夫殿に近しかった者は誰しも知ることであった。家の中を調べずとも、その者たちに問えば分かることじゃ」

「柳沢様は、我が殿をどうされようとしているのでしょうか」

「分からぬか」

「分かりませぬ」

「忘れたか、赤穂藩主、浅野内匠頭が殿中で吉良上野介を刃傷に及んだ後、広島藩の改易をめぐって、柳沢様と諸大夫殿のあいだに確執があったであろう」

竹内は驚いた。

「まさか、あの時のことを、まだ根に持っておいでなのですか」

驚きを隠せぬ竹内に、筑前守が身を乗り出す。

「はっきり申して、柳沢様は諸大夫殿を毛嫌いしておられた。本丸御殿でのお二人を見たことがないであろうが、柳沢様が諸大夫殿に向ける眼差しは、外様《とざま》の大名などであれば震え上がるほどであった。わしはあの頃、葉月家が潰《つぶ》されるのではないかと気をもんでおったのだ。諸大夫殿が急な病で亡くなられた時などは、柳沢様にやられたのではないかと噂する者がいたが、家老のおぬしが病死と届けた時、公儀からさして調べられたわけではあるまい」

「御目付役が、殿の骸《むくろ》を調べると言うてきましたが、先代は流行り病《はやりやまい》で急逝されましたので、そのことを申しますと、見もせずに帰られました」

「あの時は、まことに驚いた。家来も何人か命を落としたそうだな」

「はい」

「婿殿にうつらなかったのは幸いであったが、葉月家のほかに病の報告がなかったゆえ、柳沢様の仕業だと言う者がおったのだ。その噂を消すために上様が動かれたことは、知っておるか」

「いえ」

「そうか」

「もしや、御目付役があっさり引き下がられ、先代の骸が検《あらた》められなかったのも、上様のおかげでございますか」

「さよう。事を大きくしてはならぬと上様がおおせになられ、目付役は形ばかりに葉月家の玄関まで行ったのだ。婿殿の家督が許されたのも、上様のおかげぞ」

「それはつまり、上様は先代の死を、柳沢様の手によるものだとお疑いだったのですか」

「そこは、わしも分からぬ。ただ、病死を疑われたのは、確かだ。何せ、急なことだったからな」

「上様は、柳沢様に問われたのでしょうか」

膝を進めんばかりに熱い竹内に、筑前守は、探る眼差しとなった。

「まさか、諸大夫殿は病死ではないのか」

「いえ。上様のことを初めて耳にしましたものですから、先代と確執があった柳沢様に厳しく問われたのかと、思うたまでです」

落ち着きを取り戻す竹内に、筑前守は目を細める。

「驚いたか」

「驚きました」

「わしが言わなかったからな。許せ」

「いえ」

「まあともかく、上様は婿殿の床払いをお喜びになられた。諸大夫の息子ならば、と、おそばに仕えさせる話がまことに出たのかもしれぬ」

「先ほどは、柳沢様の陰謀だとおっしゃいましたが」

「そのことよ。上様は、婿殿を小姓組番頭ではのうて、剣や馬を必要とせぬ役目を与えておそばに仕えさせることを望まれたのではなかろうか。おぬしも知ってのとおり、小姓組番頭は、平時には将軍に近侍して所用を務め、戦時には将軍のまわりを警護するのが役目。武芸と馬術に優れた者でなくては務まらぬ。その役目を婿殿にさせよと、上様がまことに申されたとは思えぬ」

「なるほど」

「わしは、上様が婿殿を近侍に望まれたことで、柳沢様の葉月家に対する悪しき想いが蘇《よみがえ》ったのではないかと睨《にら》んでいる」

竹内は目を見張った。

「まさか」

「そのまさかと思うて、事にあたらねばならぬ。柳沢様はおそらく、婿殿が不甲斐《ふがい》ないと分かれば、それを理由に減封、もしくは改易を狙うはず。いずれにしても、城へ上がれぬ身分にしたいのだ」

すっぽん一味を一人で捕らえた虎丸ならば、小姓組番頭になれるだけの剣技を身に付けているだろうが、若殿は、真剣はおろか、木刀すらろくににぎったことがないのだ。虎丸が剣の遣い手と知られるわけにはいかない。

「減封は逃れられぬとしても、御家の存続だけはしなくてはなりませぬ。柳沢様に、殿が剣を遣えぬことを正直に申し上げ、お許し願えませぬでしょうか」

「甘い考えじゃ。それこそ、柳沢様の思う壺《つぼ》。たとえ改易をまぬかれたとしても、剣も馬もできぬ者など、将軍家直参旗本にはふさわしくない。後継ぎもおらぬとあっては、御目見以下とされ、捨扶持《すてぶち》の御家人にされてしまうぞ。分家のほうが、五千石に値すると言われかねぬ」

「御分家様に……」

それでは、御家を守ることを願われた若殿の遺言を守ることができぬ。

竹内は焦った。

「何か、良い手はないでしょうか」

「婿殿は、人より秀《ひい》でたことはないのか」

虎丸は情に厚く、正義感に満ちた若者だ。不思議と人心を集める者でもあるが、字はそこそこ、算用は苦手だと言っていたので、番方《ばんかた》に向いているのは確かだ。

これといって思いつかず、言葉に困っていると、筑前守がため息を吐いた。

「まあ、たとえ筆が達者でも、上様の祐筆《ゆうひつ》にすすめる気は、柳沢様には毛頭ないであろう。そこで、今日呼んだのはほかでもない。婿殿が登城する前に、小姓組番頭にふさわしい者か、わしの目で確かめる。よって明日の昼までに、ここへ連れてまいれ」

「何をなさるおつもりですか」

筑前守は、手を打ち鳴らした。

程なく廊下に現れたのは、白髪を後ろ首のところで一つに束ねた、初老の男だ。一見すると、力が衰えた年寄りのようだが、穏やかな眼差しとは裏腹に、所作にまったく隙がない。竹内は、ただならぬ気配を感じていた。

男が竹内の右側に歩み、膝を向けて正座した。

筑前守が言う。

「この者は、わしの剣術指南役で、念《ねん》流の達人じゃ」

「岸部《きしべ》一斎《いっさい》と申す」

軽く頭を下げる一斎に、竹内も名乗り、頭を下げた。

「明日、この者と婿殿を立ち合わせる」

筑前守の言葉に、竹内は焦り、身を乗り出す。

「何度も申し上げましたとおり、殿は病弱ゆえ、剣術を習得しておりませぬ」

「分かっておる。先のことは、婿殿と一斎を会わせてから、わしが決める」

「しかし……」

「これは若年寄の命と心得よ」

そう言われては、断ることはできない。

竹内は、承諾して帰るしかなかった。

二

戻った竹内から明日のことを聞いた虎丸は、箸《はし》でつまんでいた茄子《なす》の天ぷらをぽろりと落とした。

「わしが、上様の小姓じゃと。そりゃいけん。ばれるに決まっとる」

五郎兵衛が、深刻な顔で目をつむる。

「今のように、感情が高ぶりますと芸州弁が出ますからな」

虎丸は一つ咳《せき》ばらいをして箸を置き、茶を一口飲んで気持ちを落ち着かせた。そして竹内に眼差しを向け、言葉を気にしてしゃべった。

「柳沢様が幕政を牛耳っておられることは、五郎兵衛から聞いて知っていた。だが、御家を潰そうとされるほどの確執があることは初耳だ。諸大夫様と柳沢様とのあいだに、いったい何があったのだ。根が深いなら、剣が遣えようが遣えまいが、どのみち潰されると思うが」

「すべて、お話ししましょう」

竹内は居住まいを正し、厳しい眼差しを向けて教えてくれた。

先代諸大夫定義は、一刀流の達人として名が知れていたが、気配りの人でもあり、旗本の中でも優れた人物だった。

将軍綱吉は、そんな定義を目にとめ、小姓組番頭としてそばに仕えさせていた。

柳沢とのあいだに深い溝ができたのは、赤穂事件がきっかけだ。

殿中で刃傷事件を起こした赤穂藩主浅野内匠頭は、激怒した綱吉から、即日切腹を申し付けられた。柳沢はこれを機に、本家である広島の浅野家を縁座させ、海産と海運に加え、鉄も産出する豊かな広島の領地を取り上げようとしていたのだが、そんな柳沢の思惑を、綱吉の覚えめでたい定義が止めたのだ。

赤穂の浪人たちが仇討《あだう》ちをするのではないかという気運が高まる中、江戸の巷《ちまた》では、公儀は良質な塩が採れる赤穂の浜欲しさに、吉良上野介を使って内匠頭を貶《おとし》めた、という噂が、まことしやかにささやかれていた。

定義は噂を引き合いに出し、ここで広島藩まで潰せば、上様が大悪人にされてしまうと訴えたが、柳沢は、事件をおもしろおかしく語りたい輩《やから》が広める噂など、とるに足らぬことだと突っぱねた。

しかし定義は、火のないところに煙なし、種なきところに噂なし、と言い、赤穂を貶めた証《あかし》の存在をほのめかしたのだ。

このやり取りは、ごく一部の幕閣しか知らないことだったが、程なく綱吉の耳に届いた。

時を同じくして赤穂義士が吉良邸に討ち入ったので、赤穂事件のことを早く収束させたかった綱吉は、定義の申し出を受け入れ、広島藩の改易を止めさせたのだ。

すべてを知った虎丸は、長い息を吐いた。

「広島の殿様が、葉月家に大恩があるとおっしゃっていたのは、そういうことがあったからか。豊かな領地を奪えなかった柳沢様は、今も葉月家を恨んでいるのだな」

竹内が首を横に振る。

「領地を奪えなかったことよりも、上様が、柳沢様よりも先代の意見を聞かれたことを、根にもたれているのではないかと」

「男の嫉妬《しっと》というやつですな」

五郎兵衛がそう言うので、虎丸は、ますます厄介だと思った。

「何をしても、潰しにかかってくるのではないだろうか」

考えを口にすると、竹内と五郎兵衛は深刻な顔で顎《あご》を引く。

「御家老、いかがいたしますか」

訊く五郎兵衛に、竹内は、ここは、筑前守様のお考えに従うしかあるまいと言い、虎丸に眼差しを向ける。

「よろしいですか、若殿」

「従うのは承知したが、筑前守様は、わたしを剣術指南役に会わせて、何をする気だろうか」

「剣の技量を確かめるおつもりです。亡き若殿は、木刀でさえ数えるほどしかにぎっておられませぬ。それゆえ、相手に打たれてもお耐えください。殺されると思うても、決してまことのお姿を見せてはなりませぬぞ」

「殺されても？」

「そうです」

「お待ちください」五郎兵衛が口を挟んだ。「筑前守様は、若殿を身代わりと疑っておられるのではないでしょうか。もし見破られておられるなら、屋敷に招いて、岸部一斎なる者に拷問させ、正体を暴こうとされているのではないですか」

「わたしも、帰る道々そう考えた。目立たぬように来るよう言われたからな」

五郎兵衛が目を見張る。

「それは危ない。行くのをやめませぬか」

「若年寄の命には逆らえぬ。ゆえに明日は、わたしと伝八がお供をする。正体を疑われた時は、その場を伝八と切り抜け、若殿を逃がす。五郎兵衛は密かに外で待ち、若殿を江戸から逃がすのだ」

「承知しました」

五郎兵衛は即座に応じた。

虎丸は腹が立った。

「何を言《よ》うるん。わしは、あんたらを置いて逃《に》ぎゃあせんで。死ぬ時《と》きゃ一緒じゃけえのう。それに逃げたとしても、捕まりゃ広島に迷惑がかかるけえ、どうにもならん時は、その場で揃って命を絶つ。これでいこうや」

「若殿……」五郎兵衛が目を潤ませた。「それがしが巻き込んだばかりに、お辛《つら》い目に遭わせます。お許しください」

「泣かんでくれ。引き受けたのはわしじゃ。みんなを死なせてまで、生きようとは思わん。それに、まだばれると決まったわけじゃないけえ、やれるだけやってみようや。のう、竹内。明日は、殺されそうになっても剣を遣わにゃええんじゃろ」

「はい。芸州弁もです」

「いけん」

つい芸州弁になっていることに気付き、虎丸は手で口を塞《ふさ》いだ。

竹内が、唇に笑みを浮かべる。

「明日うまくいけば、筑前守様がよい手立てをくださるかもしれませぬ。そう願っておきましょう」

「分かった」

「くれぐれも、本性を出しませぬように」

念を押された虎丸は、苦笑いでうなずき、背中を丸めて食事に戻った。


夜は、夢も見ずぐっすり眠れた。

不安に思っても何も解決せぬ、なるようにしかならぬと開き直ると、気持ちが落ち着いたのだ。

起こされて目をさました虎丸は、身支度をすませ、朝餉《あさげ》までに池の主に武運を祈ろうと思い、表の庭に出た。

餌を持って石の上に立ち、主の黒鯉を探していると、蓮《はす》の葉の下から出てきた。

「いたいた。餌を食うか」

ひとにぎりを水面《みなも》に落としてやると、鯉はゆっくり上がり、大きな口を開けて呑《の》み込んだ。他の鯉が寄って来ると、あっさり場を空けて去ったので、虎丸は感心する。

欲張って争えば、若い鯉に怪我をさせられるかもしれない。

現に目の前の鯉たちは、餌をめぐって身体をぶつけ、荒々しく動いている。それを尻目《しりめ》に、主の鯉は悠然と泳ぎ、争いの中から流れて来た餌を見つけて呑み込んだ。

「身体がいかに大きゅうても、偉そうにせんのが、長生きの秘訣《ひけつ》ということか」

今日は何があるのか分からぬが、立ち合いがあれば、負けておこう。

鯉に教えられた気がした虎丸は、群がる鯉に餌の半分を与え、残り半分は、主の鯉がいるところへ投げた。

「若殿、朝餉の支度が調いました」

伝八の声に応じて池を離れようとした虎丸は、歩みを進めてすぐ、築山《つきやま》を振り向いた。

先ほどから気配を感じていたが、今朝こそは元を見つけてやろうと思い、知らぬ顔をして、不意を突いたのだ。

しかし、いつもと同じで、姿がない。

虎丸は、月代《さかやき》を剃《そ》ったばかりの頭を指先でさすりながら、背後にいる伝八に言う。

「伝八」

「はい」

「この築山には、もののけでもおるのか」

「はあ？」

「気配はあれど、姿が見えぬ。不思議じゃ」

そう言ってきびすを返した虎丸は、

「もののけならば、おもしろいのにな」

と言って笑い、寝所に戻った。

顔を桜色にした月姫が石の陰にしゃがんでいたことに、虎丸はまったく気付いていない。

見つからなかったことに安心して息を吐いた月姫は、今朝も表の庭に入ってしまった白い子猫を追って来ていた。池の鯉を見ていた子猫を捕まえて、奥向きへ戻ろうとしていた時、足音がしたので慌てて隠れていたのだ。

「雪ノ介、もののけだそうですよ。おもしろいお方だと思いませんか」

月姫はくすりと笑い、雪ノ介が教えてくれた秘密の場所から、奥向き側の庭へ戻った。

三

竹内と伝八と三人で屋敷を出た虎丸は、病み上がりを演じるために駕籠《かご》に乗っているのだが、生きて帰ることができぬかと思い、最後になるかもしれない朝餉を腹いっぱい食べたせいで、腹が苦しかった。食べ過ぎたので止めてくれなどと言いたくなかったので、黙って駕籠に揺られていた。しかし、四半刻《しはんとき》（約三十分）が過ぎた頃には気分が悪くなり、大きな息を何度も繰り返した。

もうだめかと思い、止めてくれと声をかけようとした時、駕籠が下ろされた。

「着きました」

そう言って戸を開けた伝八が、虎丸を見て驚いた。

「顔色が悪うございますぞ」

「大丈夫、外の空気を吸えば楽になる」

駕籠から這《は》い出た虎丸に、伝八が耳打ちする。

「すでに門内へ入っております。言葉にお気をつけください」

顎を引き、立ち上がった虎丸の目の前には、御殿の表玄関がある。

「こちらへ」

声に顔を向けると、用人と思《おぼ》しき侍が、竹内を促していた。

応じた竹内が、虎丸に歩み寄る。

「歩けますか」

「大丈夫」

食べ過ぎた、と、小声で言うと、竹内が薄い笑みを浮かべ、すぐに真顔になる。

「さ、参りましょう」

「うむ」

虎丸は竹内に促されて、案内する用人に続いた。

連れて行かれたのは、御殿ではなく、離れだった。玄関を備えた建物は、中に入ると、格子戸の奥に広い板の間が見えた。

竹内が用人に訊く。

「ここは、剣術道場ですか」

「さようです。さ、お上がりください」

上がり框《かまち》を示され、虎丸は草履を脱いだ。

伝八が草履をそろえるのを尻目に、虎丸は用人に続いて道場へ入った。すると、広い板の間の真ん中に、正座している者がいた。

入り口に向かって座り、目を閉じて瞑想《めいそう》している人物を見た虎丸は、ただ者ではない、と感じた。黒い着物と袴《はかま》を着け、白髪を肩まで垂らしたざんばらの男は、ほっそりした顔をうつむけているのだが、身体から発する気は、虎丸に鳥肌を立たせた。それは虎丸が、ばれるのを恐れているからではなく、この男の剣気を感じているからだ。

用人が虎丸に言う。

「当家の剣術指南役、岸部一斎殿にございます」

虎丸が顎を引く横で、竹内が訊く。

「筑前守様は、おられませぬのか」

「のちほどお出ましになられます。それまでは、名代として岸部殿がお相手をされまする」

「そうですか」

「岸部殿、お越しになっておられますぞ」

用人が声をかけるのに応じた一斎が、目を開け、虎丸に眼差しを向けた。

「岸部一斎にござる」

「葉月定光です」

虎丸が名乗ると、一斎は右側に置いていた木刀を持って立ち上がり、左手に持ち替えた。

「あいさつ代わりに、一勝負願おう」

竹内が前に出た。

「いきなり無礼でござろう」

一斎が竹内を睨む。

「筑前守様から、定光殿の筋を見極めるよう頼まれている。下がっておれ」

「しかし……」

「竹内、下がれ」

虎丸が言うと、竹内は見開いた目で振り向いた。

「殿、先ほどお具合が優れなかったのですから、無理をされてはいけませぬ」

食べ過ぎで駕籠に酔っただけなのに、竹内はそれをうまく利用しようとしている。

知恵がよく回る男だと、虎丸は感心した。

用人が心配そうな顔を向けて言う。

「そういえば、お顔の色が優れませぬな。無理をされぬほうがよろしいのでは」

ここで逃げてしまえば楽だが、筑前守がこのまま許すはずもない。今日も明日も、同じことだ。ならば、早く終わらせたい。

「ご心配なく。顔色が悪いのは、薬のせいゆえ」

虎丸は咄嗟《とっさ》にそう言い、一斎に一礼した。

一斎が用人に、木刀を、と命じると、応じた用人が、壁にかけてある木刀を取りに行き、差し出した。

受け取った虎丸は、一斎の前に歩み、木刀の柄《つか》を両手でにぎった。

定光は剣の修業をしていないので、両手を詰めて柄をにぎり、ぎこちない構えをして、不慣れを演じた。

木刀を右手に下げた一斎が、虎丸の目を見てきた。

「遠慮なく、打ち込んできなさい」

虎丸は、はい、と返事をして、木刀を振り上げた。

「やあ!」

気合と共に、へたくそな型《かた》で打ち込む。

一斎は軽々と木刀を弾《はじ》き、すれ違う虎丸につま先を転じて向く。

振り向いた虎丸は、木刀の切っ先を岸部の胸に向けた。いかにも木刀が重そうに、よろけて見せるのを忘れない。

それでも、必死に向かう体《てい》で、

「やあ!」

もう一度打ち込んだ虎丸の木刀を片手で受け止めた一斎が、両手で柄をにぎって押し離し、猛然と迫る。

「おう！」

一斎は凄《すさ》まじい気迫と共に、木刀を袈裟《けさ》懸けに打ち下ろした。

虎丸は一歩引き、尻もちをつく。

空振りをした一斎が、鋭い眼差しを虎丸に向けたが、それはほんの一瞬のことで、下がって間合いを空け、ゆらりと木刀を構える。

「さ、立って打ち込んで来なさい」

「はい」

虎丸は立ち上がり、一斎と対峙《たいじ》した。一斎を恐れているふうに、木刀を左右に振り、やみくもに打ちかかる。

「やあ！　えい！」

袈裟懸けに打ち下ろし、横に振るう虎丸の太刀筋は未熟そのもの。地回りが遣う喧嘩《けんか》剣法にも劣る木刀をすべてかわした一斎は、片手で木刀を振るい、虎丸の手から弾き飛ばした。

木刀を飛ばされて目を見張る虎丸に、一斎は凄まじい気迫で木刀を打ち下ろした。

額すれすれに止められた虎丸は、のけぞって尻もちをつき、慌てて両手をつく。

「まいりました」

頭を下げる虎丸の横手の木戸が開いたのは、その時だ。

不機嫌な顔で出てきた筑前守に気付いた竹内と伝八が、両手をついて頭を下げる。

「筑前守様」

一斎がそう言って片膝をついたので、虎丸は膝を転じ、平伏した。

虎丸の前で立ち止まった筑前守が、じろりと見おろす。

「婿殿、まずは床払いをしたこと、祝着じゃ」

「おそれいりまする」

「これで葉月家も安泰、と言いたいところじゃが、今の腕前では、柳沢様に御家を潰されるぞ」

「…………」

黙っている虎丸に筑前守が苛立《いらだ》ったので、竹内が助け舟を出す。

「おそれながら筑前守様、殿は病弱ゆえ、剣の稽古をなされておりませぬ」

「分かっておる。じゃが、このままではいかん。娘を浪人の妻にされては困る」

筑前守に睨まれ、竹内はうつむいた。

筑前守が皆の前に正座し、一つ息をして言う。

「わしに妙案がある。竹内、婿殿の登城は、病が重くなったと理由をつけて遅らせよ。そして婿殿は、明日からお忍びでここへ通い、一斎の剣を習得するのじゃ。すぐに強うなれとは言わぬ。せめて、念流の型だけでも身に付けよ」

竹内は、虎丸を通わせるのはまずいと思い、伝八と顔を見合わせた。

断るべく、両手をつく。

「おそれながら筑前守様――」

「よろしくお願いします！」

虎丸が大声で言い、頭を下げた。

「おおそうか。通うて剣の稽古に励むか」

筑前守は満足そうな顔をしている。

外に出るために受けたに違いない。

虎丸の魂胆を見抜いた竹内は、阻止にかかった。

「おそれながら、筑前守様に申し上げます」

「なんじゃ」

「殿は病み上がりでございます。厳しい剣術の稽古はまだ控えたく存じます」

「型のみゆえ、厳しゅうはない。せっかく床払いをしたのじゃから、少しは身体を動かしたほうが、若い婿殿には薬となろう」

「ではせめて、一斎殿に当家へ通っていただけませぬか」

「師匠が弟子の家に通うなど、聞いたことがない。のう。婿殿」

「はは。通わせていただきます」

「うむ。よう言うた」

筑前守は上機嫌だ。竹内は頭をかかえたい思いであるが、屋敷に通わせてまで剣を仕込もうとするのは、身代わりを疑っていない証。この場は、言いなりになるべきか。

竹内が伝八を見ると、伝八は顎を引いた。

「ところで婿殿、顔に病の痕《あと》は残っておらぬのか。わしにより顔を見せてくれ」

ここで拒めば疑われると思った虎丸は、うつむけていた顔を上げた。

竹内と伝八が緊張しているのが、虎丸の背中に伝わってくる。

筑前守は、じっと見たまま、黙っている。

目を合わせないよう、ほくろがある顎を見ていた虎丸は、後ろ首に汗が流れた。

こんなに熱い汗が出るのかと思うほど、首を流れる一筋の温《ぬく》もりが、着物の襟に染みて消える。

じっと見ていた筑前守が、やおら立ち上がり、懐紙を差し出した。

「額の汗を拭《ぬぐ》え」

緊張の汗が浮いていたことに、虎丸は焦った。両手で押しいただき、額に当てると、筑前守が表情をゆるめた。

「来た時より顔色がようなったな。気分はどうじゃ」

「すこぶる、ようございます」

「そうか。ならば明日から稽古に励み、公儀のお役目に耐えうる身体を作れ。登城は、それからのことじゃ」

「はは」

「わしはこれから登城するゆえ、気を付けて帰れ。ご苦労であった」

首がつながった。

頭を下げた虎丸は、ほっと息を吐き、竹内と伝八と共に道場から出た。

三人が道場から出ると、筑前守の顔から笑みが消えた。

「一斎、あの剣の下手さは本物か」

すると一斎が、薄い笑みを向ける。

「念流免許皆伝の筑前守様は、どうみられました」

「分からぬから、訊いておるのだ」

一斎は軽く頭を下げた。

「太刀筋はなっておりませぬが、底知れぬ何かを感じました。鍛えれば、化けるやもしれませぬ」

「そうか」

筑前守は窓際に立ち、表門に向かう虎丸の後ろ姿を見た。

背後に歩み寄る一斎が訊く。

「今日は難しい顔をしておられましたが、何か、気になることがございますか」

「見抜いておったか」

「三十年もおそばにおりますゆえに」

「月を輿入《こしい》れさせる前に一度見舞ったが、婿殿は、あのように明るい顔をしておったかと思うてな。当時の顔を思い出しておったところじゃ」

「別人に見えますか」

「面立ちは定光殿だが、目の奥にある光が、違うような気がする。前は、光が見えなんだ」

「それは、病が癒《い》えたからにございましょう。稽古を望まれたのも、明日への希望に満ちておられる証ではないかと」

「お前がそのようなことを言うとは珍しいの。よほど、気に入ったとみえる」

「このような気持ちは、筑前守様と出会《でお》うた時以来でございます」

「そうか。ならばわしと同じように、厳しく鍛えてくれ」

「承知しました」

「ただし、猶予はひと月だ。型もできぬようであれば、登城する前に、足腰が立たぬようにいたせ」

一斎が驚いた。

「何ゆえでございます」

「下手に登城して柳沢様の思惑にはまれば、葉月家は潰される。ふたたび病床に臥《ふ》せたとなれば、一年、いや、二年は時が稼げよう。そのあいだに、月に世継ぎを生ませる。わしの血を引く孫が世継ぎと決まれば、いかに柳沢様とて、葉月家を潰しはすまい」

「月姫様が嫁がれているのですから、今のままでも潰されないのでは」

「そうはいかぬ。先日、あるじが病弱な家など早々に見限ったらどうかと言われた」

「月姫様を離縁させろと……」

「そうだ」

「そこまでおっしゃったのですか」

「わしが諸大夫殿を好いて輿入れさせたことをご存じゆえ、諸大夫亡き家と縁を結び続けることもなかろう、娘がもっと良い家に嫁げるよう仲をとりもつ、とまでおっしゃった」

「それはそれで、月姫様にとってはよろしいのではないですか」

「そうはいかぬ。わしは、諸大夫殿と約束したのだ。定光が病弱でも、月が葉月家を守るとな。軍師でもあるお前なら、わしの胸の内が分かろう」

一斎は考える顔をしたが、程なく、得心した顔を向けた。

「あの、家老ですか」

「諸大夫殿が一目置いていた者だ」

「確かに、良い面構えをしております」

「高島も、さよう申しておった。月が輿入れした葉月家を潰さぬためには、血の繋《つな》がりではない。丈夫で、賢い者の子を世継ぎにすることが肝要じゃ」

「見極めを、急がねばなりませぬな」

「頼むぞ」

「お任せください」

登城をすると言って道場から出ていく筑前守を見送った一斎は、腕組みをして一つ息を吐き、ぼそりとつぶやく。

「さて困った。己の力を隠そうとする者のまことを見極めるのは、難しいことよ」

四

「竹内、疑われていると思う?」

駕籠の中から訊いてきた虎丸に、竹内が慌てた。

「しっ。まだ曲輪内ですぞ」

返事がないので、竹内は歩きながら駕籠に顔を向ける。

「若殿?」

「しゃべってもよいのか」

「内密のことでなければ、よろしゅうございます」

「剣術のことだが、拒めば疑われると思うて受けた」

「さようでございましたか。わたしはてっきり、外に出られるので即答されたのだと考えておりました」

「正直に言えば、その気持ちもなくはないが、あそこで断れば、疑われると思ったのだ。しかし今は後悔している。稽古の時につい本気を出してしまいそうだ」

「わたしは、今はお受けしてよかったと思うています」

思わぬ言葉に、虎丸は戸を開けた。

「まことに、そう思うか」

「はい」竹内は、眼差しを前に向けたまま言う。「剣術の型を覚えておけば、柳沢様に剣の腕を確かめられた時、役に立ちましょう。立ち合う相手に勝たなくても、型を基本に動いて負けなければよいのです」

「しかし、それでは小姓を命じられるぞ。上様のおそばでつい芸州弁が出たら、おしまいだ」

「声が大きゅうございます」

「すまん」

竹内は駕籠を止めさせ、あたりを気にして片膝をつくと、小声で言った。

「御役目を拝命しなければ、御家は潰されてしまいます。登城を果たし、まことに小姓を命じられた時は、言葉に気を付けていただくしかございませぬ。そうしているうちに、いずれ出なくなります。現に今も、出ておりませぬゆえ」

「今は、気を付けているからだ。だが不測の事態が起きた時が危ない。冷静を失えば、つい出てしまう」

「そうならぬよう、筑前守様の御屋敷で精神の鍛錬もするのです」

「では明日から」

「通っていただきます」

ぴしゃりと言った竹内が、前から行列が来たと教えたので、虎丸は戸を閉めた。

駕籠が動きはじめて程なく、馬の蹄《ひづめ》の音が聞こえてきた。小窓から見ると、槍《やり》持ち、供侍一人、馬の口取り、挟《はさ》み箱《ばこ》持ち、草履取りの家来を連れた旗本がすれ違って行く。

ふたたび戸を開けた虎丸は、旗本の列に眼差しを向けた。

「今の馬は、なかなかのものだな。名のあるお方か」

「存じませぬ。供揃《ともぞろ》えから推測するに、二百石程度の旗本かと」

「登城の際の供揃えが決められているとは聞いていたが、今ので二百石なら、葉月家は何人揃えるのだ」

「五十五から六十人でございますが、これは月次《つきなみ》御礼や行事がある時のみ。御役目で毎日登城される時は、略しても構いませぬ」

「毎日だと、確かに大ごとだな」

めったに登城しない旗本の中には、その日だけ口入屋《くちいれや》から安い銭で渡り中間を雇い、人数を合わせている家もあるという。それだけ、金蔵の事情が悪い家もあるのだ。

葉月家はどうなのか気になったが、聞かなかった。三度の食事のつつましさを見れば、余裕がないことは想像できる。五千石といえども、領地から得られる年貢は四割程度だ。それで家来とその家族を養うのだから、楽ではないはず。

病のあるじを抱え、そして亡くし、今は断絶の危機にある御家を一人で守っている竹内の心労は、そうとうなものだろう。

「竹内、おぬし眠れているのか」

竹内が、驚いた顔を向けた。

「いきなり、いかがされたのです」

「ふと、気になったのだ」

竹内は真顔で前を向く。

「御心配には及びませぬ。若殿は、葉月家のことだけをお考えください」

「そうか」

「お気づかい、おそれいりまする」

それからは無言で道を進んだ。

せっかくの外出だが、寄り道など許されるはずもなく、黙然と駕籠の中から外の様子を見ていた。江戸の町人が暮らす場所は通らず、見えるのは武家屋敷の塀や立派な門だけだ。神田橋御門を潜り、橋を渡る時に見えた鎌倉河岸《かまくらがし》は、多くの町人たちでにぎわっていた。

筑波山護持院の門前を通り、横手の空地に差しかかると、屋台に人が集まっており、出汁《だし》のいい香りがしてきた。

腹が減った。

屋台で何を売っているのか知らない虎丸は、出汁の香りに釣られて、草津《くさつ》村のことを思い出した。

牡蠣《かき》船の連中と食べたうどんが恋しい。

少し柔らかい麺《めん》に卵とねぎを添え、熱い出汁をかけて食べる。

考えただけで腹の虫が鳴った。

江戸はそばだと聞いていたが、どのような味がするのだろうと思いながら空地の人々を見ていると、駕籠は辻を曲がり、程なく葉月家に着いた。門番たちが頭を下げる前を通って中に入ると、重厚な門扉が閉められる音がする。外との繋がりを断たれた気がした虎丸は、気持ちを切り替えた。

駕籠は表玄関へ向かい、式台へ横付けされる。

出迎えている家来たちの前にあるじ面をして降りるのは申しわけない気がしたが、堂々としていなければ、後から竹内に叱られる。

虎丸は、戸が開けられた駕籠から涼しげな顔で出ようとした時、異様に気付いた。今朝出る時は大勢が見送っていた式台で待っていたのは、五郎兵衛と、秋津嘉兵《あきつかへい》という勘定組頭《かんじょうくみがしら》のみだ。

いち早く異変を察した竹内が、いかがした、と訊いた。すると、五郎兵衛を差し置いて前に出た秋津が、真っ青な顔を虎丸に向ける。

「若殿、一大事にございます」

これには竹内が焦った。

「待て、若殿は病み上がりゆえ、話はまず、わたしが訊く」

「はは」

秋津は、申しわけなさそうな顔で虎丸に頭を下げた。

その後ろにいる五郎兵衛も、顔色を失っている。

竹内は伝八に、若殿を奥へ、と言い、五郎兵衛と秋津を連れて家老部屋に向かった。

伝八が駕籠の前で片膝をつく。

「さ、若殿、寝所へ戻りましょう」

「うむ」

式台に降り立ち、表御殿の内廊下を通って寝所に向かっていると、前から人の声がした。

「おい、聞いたぞ、米を盗まれたというのはまことか」

「おう。そうらしい」

「我らの暮らしはどうなるのだ」

「分からん。御家老が戻られてからのことだ」

声がする部屋の前に差しかかった虎丸が中を見ると、気付いた若い家来たちが慌てて平伏した。

虎丸が立ち止まったので、伝八が先を促す。

「若殿、寝所へお戻りください」

何があったのか知りたかったが、家来と近しく話すことを禁じられているので、虎丸はうむ、と答え、歩みを進めた。

「よせ、若殿ではどうにもならぬ」

誰かが訴えようとしたのか、同輩を止める声が聞こえたので振り向いたが、伝八に袖《そで》を引かれ、その場から離された。

五郎兵衛が寝所に来たのは、夕暮れ時だった。

それまで何も耳に入らなかった虎丸は、米を盗まれたとはどういうことか心配しながら待っていたので、五郎兵衛が来るなり、立ち上がって腕を引いて奥へ連れて入ると、座らせて膝を突き合わせた。

「五郎兵衛、何があったのだ」

五郎兵衛は戸惑った顔で黙っているので、虎丸が身を乗り出す。

「米を盗まれたとはどういうことだ」

「どうしてそのことを」

驚く五郎兵衛に、表御殿で家来たちが心配していたことを教えると、困り顔で後ろ首をなでた。

「お耳に入りましたか。しかしながら、このことは御家老に口止めをされていますので、ご容赦を」

家来の様子から尋常でないことを察していた虎丸は、隠そうとされて寂《さみ》しくなり、立ち上がった。

「わしを、よそ者扱いするんか」

「いや、決してそのような……」

「だったら教えてくれ。何があったん」

「若殿、お言葉が」

「わしは腹が立っとるんじゃけ、気にしたら言葉が出ん。米を盗まれたとはどういうことや」

「…………」

五郎兵衛は膝に置いている手に拳《こぶし》をつくり、首《こうべ》を垂れた。

「やっぱり、わしはよそ者か。情けないことよ」

五郎兵衛が慌てた。

「決してよそ者などと思うてはおりませぬ。米のことがお耳に入れば、若殿は黙ってはおられぬと、御家老が案じられたのでございます」

虎丸は一つ大きな息を吸って吐き、気持ちを落ち着かせ、真っ直ぐな眼差しを向けた。

「五郎兵衛、御家の一大事ではないのか？」

「………」

「顔にそう書いてあるぞ。米を盗まれたと聞いたからには、知らぬ顔ができぬ。頼む、何があったのか教えてくれ」

五郎兵衛はしゃべろうとして、辛そうな顔を横に振った。

「やはりだめです」

「もうよい。竹内に訊く」

虎丸はそう言って部屋から出ようとした。内廊下に竹内が現れたのは、その時だ。

「竹内、米を盗まれたと聞いた。子細を教えてくれ」

竹内が五郎兵衛に厳しい顔を向けたので、虎丸が、表御殿で家来が話しているのを聞いたと教えた。

するとと竹内は、仕方ない、と言い、上座を示すので、虎丸は従い、竹内と向き合って座った。

竹内は感情を顔に出さぬ男だが、今は特に、落ち着いて見える。それがかえって怪しいと思いながら見ていると、竹内は正座して居住まいを正し、虎丸に眼差しを向けた。

「この際ですから、葉月家の内情もお話ししましょう。されど、何を聞いても、すべてわたしに任せるとお約束ください」

五郎兵衛と話していたのを聞いていたのだろうか。竹内は、これまで聞いていなかったことを教えるつもりだ。

「分かった。聞くだけにする」

虎丸が約束すると、竹内は、目を伏せ気味にした。

「我らが出かけたすぐ後、出入りの商人である山屋《やまや》がまいり、駿河国富士郡《するがのくにふじごおり》にある当家の領地から運んでいた今年の飯米の一部が、川賊に奪われたと申したそうです」

虎丸は目を見張った。

「川賊！」虎丸は、息を吸って吐き、気持ちを落ち着かせた。「また、川賊が出たのか」

「してやられました」悔しそうな竹内は、眉《まゆ》をぴくりと動かし、虎丸の目を見た。

「盗まれた飯米は、金に換える年貢米とは別に、葉月家の者が一年食べるためのもの。これには家来たちの俸禄《ほうろく》分も含まれてございます」

「どれだけの量を取られた」

「五百石です」

虎丸はまた目を見張った。

「そがに盗《と》られて、大丈夫なんか」

竹内が厳しい顔をする。

「こういう時にこそ、お言葉にお気を付けください。家来たちは、我らの動きを知りたがり、どこに聞き耳があるか分かりませぬ」

「殿、先ほどのように息を吸って吐いて」

伝八に言われて、虎丸は二度繰り返した。

「もう大丈夫だ。先を教えてくれ。五百石も盗られて、暮らしが立ちゆくのか」

竹内は首を横に振る。

「蔵に入るべき米が五百石も消えれば、売る米が減り、減った分の穴は借財をして埋めなければなりませぬ」

「借財か……。借りるあてはあるのか」

竹内が眼差しを下げたので、虎丸は不安になった。銭のことは、天亀屋治兵衛《じへえ》から教えてもらっている。

「まさか、大きな借財があるのか」

虎丸の問いに、竹内が顎を引く。

「葉月家は、江戸に甚大な被害をもたらした三年前の元禄大地震の折に、この本邸のほぼすべてを建て替え、さらに、本所《ほんじょ》の大川沿いにある蔵屋敷を兼ねた下屋敷も建て替えを余儀なくされたことで費用がかさみ、札差《ふださし》から五千両を借りております」

理由を先に言うところが、竹内らしい。

実質二千石の年貢米が頼りの旗本にとって、五千両もの借財はかなりの重荷だ。新たな借財を申し出ても、札差は渋るだろう。

ならば、奪われた米を取り返すしかない。

虎丸はそう思い、竹内に言う。

「山屋に行き、川賊を見た者を連れてまいれ」

竹内が眼差しを上げる。

「何をお考えか」

「決まっている。米を取り戻すのだ」

「先ほどお約束くだされたはず。若殿は登城を控えておられるのですから、このことはすべて、わたしにお任せください」

「それは分かっているが……」

「米は、わたしが取り戻します」

「御家の大事だ。船頭の話だけでも聞きたい」

「船頭からは何も聞けませぬ」

「何ゆえだ」

「………」

竹内は押し黙った。

「竹内、教えてくれ」

これには五郎兵衛が口を挟んだ。

「山屋が申しますには、荷船に乗っていた者は、皆殺しにされております」

「何！」虎丸は見開いた目を五郎兵衛に向けた。「まことか」

「はい」

「そのように凶悪な川賊なら、竹内一人に任せてはおけん。舟に慣れとるわしが捕まえる」

「なりませぬ」竹内は動じず、落ち着きはらった声で制した。「わたしは、川賊などと戦う気はございませぬ。住処《すみか》を突き止め、船手方に通報して捕らえてもらいます」

「すっぽん一味より凶悪な川賊だぞ。船手方にも死人が出る」

「御身を過信されては困ります。相手は平気で人を殺す輩。前のように捕まれば、その場で殺されますぞ」

何も言い返せなくなった虎丸は、拳をにぎりしめた。

竹内が内廊下に振り向く。

「六左、これへ」

「はは」

応じた六左が、竹内の後ろに来て正座した。

竹内が虎丸に向き直り、真顔で告げる。

「探索は、六左にやらせます。この者は、諸大夫様が手塩にかけられた者で、上様からの密命を果たすため、手先として働いていました」

虎丸は六左を見た。

「やはり、ただ者ではなかったか」

「いえ、三十俵取のしがない家来でございます」

六左はそう言うと、含んだ笑顔で顎を引いた。

「わたしの目に狂いはない」虎丸は笑みを返し、頭を下げた。「頼む六左、川賊のことはよい。盗られた米の行方を探してくれ」

六左は、戸惑った顔をした。

竹内が言う。

「若殿、あるじが軽々しく家来に頭を下げてはなりませぬぞ。お上げください」

それでも虎丸は、もう一度頼んだ。

「命だけは、落とさんでくれ」

六左は驚いた顔をしたが、すぐ唇に笑みを浮かべる。

「かしこまりました。では」

立ち上がり、頭を下げたまま内廊下に退いた六左は、配下を二人連れて探索に出た。

川賊のことが気になるが、竹内の言うとおり、今の己にはしなければならぬことがある。

そう自分に言い聞かせた虎丸は、寝所に籠《こ》もり、明日の稽古に備えた。

五

翌朝、米の対応に追われる竹内を気にしながら、虎丸は伝八を供に屋敷を出ると、駕籠を使い筑前守の屋敷に行った。

用人に案内された道場に入ると、一斎が一人で待っていた。

虎丸は、筑前守の家来たちと稽古をするものだと思っていたのだが、まずは朝のあいさつをするため、一斎の正面に正座した。今日からは師匠だ、と思い、尊敬の念をもって頭を下げた。

「よろしくお頼み申します」

「定光殿、面を上げられよ」

「はは」

応じて顔を上げた虎丸は、咄嗟に右に転がり、片膝を立てて身構えた。

一斎は、虎丸が正座していた場所に真剣を打ち下ろし、ぎらりと刃《やいば》を光らせる切っ先は、床に紙一重のところで、ぴたりと止められている。

白髪のざんばら頭をこちらに向けた一斎が、にたり、とした。

「やはりわしの睨んだとおりじゃ。おぬし、なかなかの遣い手じゃな。何ゆえ爪を隠す」

絶句した虎丸が、ちらと伝八を見ると、真っ青な顔をしている。

ばれていた。

虎丸は、一斎に両手をついた。

「これにはわけがございます！」

伝八が虎丸より先にそう言った。

一斎は刀を鞘《さや》に納めてその場に正座し、伝八に眼差しを向ける。

「わけとは、筑前守様に聞かれてはまずいことか」

「はい」

「では、聞くまいよ」

「いいえ、殿の師匠になられた一斎様には、聞いていただきます」

「ほう、わしが師匠とな」

一斎が伝八から眼差しを転じてきたので、虎丸は居住まいを正した。伝八は何を言うつもりなのだろうかと思い、ちらと見ると、訴える顔を一斎に向けていた。

一斎が伝八に顔を向ける。

「ははっ」伝八も居住まいを正した。「若殿は病弱でございましたので、大刀はおろか、木刀すらも振るうことができませんでした。武家としての行末を案じられた御先代（定義）が、大刀を振るえずとも、せめて身を守る術《すべ》は体得せよとおっしゃり、柔術を伝授されたのでございます」

「ほう、柔術を」一斎が納得したように顎を引いた。「それゆえの、見事な身のこなしであったか」

伝八は機転が利く男だと感心した虎丸は、たいした男だと口から出そうになり、慌てて呑み込む。

一斎が、伝八に向けていた眼差しを厳しくした。

「何ゆえ、筑前守様に聞かれてはまずいのだ」

「それは……」

伝八は目を泳がせた。

一斎が追及する。

「申してみよ」

「答えよ」

しばし考えた伝八が、伏せていた目を一斎に向けた。

「柔術の鍛錬ができる身体でありながら、何ゆえ一度も登城しなかったのかと、殿をお叱りになられるのではないかと思いますので」

「そういうことか。じゃが案ずるな、少しでも武道ができると知られれば、喜ばれる」

「はは」

伝八が頭を下げた。

おそらく胸をなでおろしているはずだと思いながら見ていると、一斎が虎丸の前に来て、厳しい眼差しを向ける。

「わしを師匠と思うなら、遠慮はせぬぞ」

「はい」

少し頭を下げた虎丸に、一斎は持っていた刀を差し出した。

「抜いてみよ」

「はは」

虎丸は刀を受け取って立ち上がり、帯に差した。そして鯉口《こいぐち》を切り、ゆっくり抜く。

鞘滑りのいい、細身の刀だ。

「構えてみてどうじゃ」

「軽い気がします」

一斎が顎を引く。

「その刀は、月姫様が使われていた刀じゃ。殿が、これなら婿殿も楽であろうとおっしゃり、託された」

虎丸は刀身を眺めた。腹は細く、厚みも薄い。敵と刀をぶつければ、すぐに曲がるか、折れそうな気がする。

飾り刀であろう。

そう思っていると、一斎が教えた。

「それは当家の領地、雲南に暮らす刀匠が月姫様のために打った名刀だ」

「月姫様は、念流を習われていたのですか」

「おぬしは妻に敬語を使うのか」

言われて気付いた。

「まだ、面と向かってお会いしたことも、話したこともございませぬので」

咄嗟の言いわけに、一斎は神妙にうなずく。

「さようであったな。一日も早う会えるよう、稽古に励むことじゃ。とは申せ病み上がりゆえ、無理は禁物だぞ」

いきなり斬りかかるのでとんでもない人だと思っていたが、そら冷たそうな顔とは裏腹に、優しいお人だ。

虎丸は、一斎よりも月姫のことが気になった。

厳しそうな人だと思っていたが、女だてらに念流を習うとは、やはり、ただ者ではない。青い着物と声しか頭に浮かばない虎丸は、なんとしても会わないほうが、葉月家のためになると思った。

「今日は基本、明日からは型の稽古をする。木刀を持て」

「はい」

虎丸は刀を鞘に納めて一斎に返し、伝八が差し出した木刀を持った。

「まずは、基本の素振りからはじめる」

一斎は手本を見せて、やってみよと言うので、虎丸は、そのとおりに木刀を振った。

雑巾《ぞうきん》を絞ったことがあるかと問われて、虎丸はあると言いそうになったが、病の若殿にそのようなことをさせるはずもなく、一度もないと答えた。

素性を疑われているのかと不安になったが、一斎は苦笑いをした。

「わしは貧乏な浪人の倅《せがれ》ゆえ、つい、同じ目で見てしまう。剣を打ち下ろした時、雑巾を絞るように力を込めよと教えようとしたが、したことがないなら分かるまい」

こうするのじゃ、と、両手で柄を引き締めるのを見せてくれたので、虎丸は同じようにしてみせた。

一日目は、半刻（約一時間）の基本稽古で終わった。

病み上がりの身体を心配してのことであろうが、ひと月で念流の型を身に付けられるのかと不安になった。もう少し、と言おうとしたが、思いとどまった虎丸は、一斎に従い、葉月家の屋敷に帰った。

寝所で昼餉を摂《と》っていると、五郎兵衛が来た。

「若殿、いかがでございましたか」

「いかがもなにも、通うほうが時間がかかるような短い稽古だった。念流の型は見たことがないが、今の調子で、ひと月で覚えられるだろうか」

「すっぽん一味を捕らえた若殿ではございませぬか。ひと月など、長いほうではござらぬか」

「それにしても、半刻は短い。せめて型を見せてもらいたかった」

五郎兵衛は、大丈夫です、と言い、口元をゆるめた。

「一斎殿は、筑前守様が惚《ほ》れぬいた剣技の持ち主と聞いております。その一斎殿が編み出した型は美しいと、亡き大殿《おおとの》（定義）から聞いておりますので、城ではきっと役に立ちますぞ。励みなされ」

「うむ。海賊剣術しか知らぬゆえ、習えるのは嬉しいことだ。習うといえば五郎兵衛、月姫様も、一斎先生の弟子であったぞ」

五郎兵衛は目を見張った。

「まことにござるか」

「まことだ。姫の刀を、稽古で使うことになった。軽くて切れ味がいい名刀らしい」

「ははあ、さすがは剣豪とうたわれる筑前守様の御息女。どのような腕前なのか、見てみたいですな」

虎丸は、正体を知って怒る姫を妄想し、頭を振った。

「恐ろしいことを申すな。姫の技を見る時は、わたしの首が飛ぶ時だ」

「はあ？」

「身代わりとばれれば、命はない」

五郎兵衛は、ばつが悪そうな顔をした。

六

恐れた虎丸が、表御殿でそのような話をしていることなど知る由もない月姫は、雪ノ介を膝に眠らせ、穏やかな秋の空を眺めていた。抜けるように白い肌の手には、先ほど届いたばかりの手紙が、開かれたまま持たれている。要するに、ぼうっとしているのだ。

侍女たちと薙刀《なぎなた》の稽古をしていた高島が、そんな月姫の様子を、先ほどから気にしている。

「えい!」

侍女の振るった薙刀が目の前で止められ、高島は目を見張り、まばたきを何度もして眼差しを向ける。侍女が得意顔で、隙がございますぞ、と言い、薙刀を下げて柄を脇に抱えた。

薙刀が不得手な高島は、この時ばかりは目下の侍女に対して大人しい。

「油断しました」

素直にあやまり、改めて薙刀を構えたのだが、すぐに切っ先を下げた。

控えていた侍女に薙刀を渡して稽古を代わり、襷《たすき》を取りながら月姫のそばに歩み寄る。

「姫様」

月姫は、けがれなき美しい眼を、空に向けたままだ。

雪ノ介が膝から降りた時、手から手紙が滑り落ちた。

慌てて拾う月姫が、高島に見られていることにようやく気付き、はっとして、手紙を腰に隠した。

誰からの手紙が届いているのか、高島が知らぬはずもない。

「一斎殿は、なんと書いてよこされたのですか」

月姫は動揺したが、隠しても無駄だと思ったらしく、手紙を差し出した。

「今朝の稽古のことを報せてくれたのです」

「まさか姫様、殿のことを報せるよう、一斎殿にお頼みされたのですか」

「違います。一斎殿が、よかれと思うて送ってくれたのです。殿は、剣は未熟なれど、柔術は優れているとか。一斎殿の不意打ちを、見事にかわされたそうです」

「まあ、剣豪とうたわれている筑前守様でもかわせなかった一斎殿の不意打ちを」

「はい。額すれすれで止めるまでもなく、かわされたそうです」

「しかし妙ですね。定光様は、病のせいで身体を鍛えられなかったはずでは」

「ご先代様が、せめて身を守る術を身に付けよと、伝授された。文にはそう書いてあります」

高島は、まずいと思い、疑いの眼差しを向ける。

「姫様、もしや血が騒いでおられるのですか。輿入れを機に剣を取らぬとお約束くだされたことを、よもやお忘れでございますか」

月姫は、美しい笑みを浮かべた。

「忘れてはいませぬし、血が騒いでもいませぬ。殿が一斎殿の稽古を受けられたことが、嬉しいのです。病気平癒の祈願をした甲斐がありました。共に祈った高島も、嬉しいと思うでしょう」

「嬉しゅうございますが、それと同じくらい不安でございます。登城をされる日が近づきますので」

「あのお方なら、大丈夫」

高島は、月姫の言葉にどきりとした。

「姫様、今のはまるで、定光様のことをご存じのように聞こえましたが」

探っていると、月姫は目を泳がせた。怪しい。

「わたくしが知らぬあいだに、お会いしたことがあるのですか」

月姫はうつむき、首を横に振った。

奥と表を繋ぐ唯一の渡り廊下は、鍵《かぎ》の付いた分厚い杉戸で閉じてあるので、二人が忍んで逢《あ》うはずはない。

高島はそう思ったのだが、月姫のそばで丸くなっている雪ノ介を見てはっとし、庭に眼差しを向けた。

薙刀の稽古を見ている侍女の静を呼び、冷えるという理由を付けて月姫を部屋に連れて入らせると、侍女の咲を呼んだ。

薙刀を置いて歩み寄る咲に、高島は言う。

「築山は、表と繋がっているのですか」

「いえ、竹垣で隔ててございます」

「竹垣……」

どのような物か気になった高島は、咲に案内させた。

奥御殿側の庭には池がないが、春は梅と桜の花が咲き、小高くなっているところには、今からの時季は、もみじが美しくなる。

まだ色づいていないもみじの葉を潜り、高島は庭をのぼった。苔《こけ》が密集した地面の先に、竹垣があった。

「こちらがそうです」

案内した咲が示す竹垣は、女がみだりにまたいで越えられる高さではない。

「どこかに抜け穴がないか、よく調べなさい」

「かしこまりました」

咲は竹垣のほとりを歩み、穴を探した。

庭はさほど広くないので、木々のあいだから表側の庭が見える。

もしや月姫様は、猫を探しに庭へお入りになった時、ここから定光様を見られたのではないだろうか。表側には池があると聞いているが、ここからは見えない。

背伸びをして見ていた高島は、咲を追って場所を移動し、池を探したが、植木に阻まれて見えなかった。

「穴はございませぬ」

咲が言うので、高島は、思い過ごしだと考え直した。なぜなら、竹垣から見えるのは表側の木々と、御殿の屋根だけだったからだ。

「よろしいでしょう。戻りますよ」

「はい」

応じた咲が戻ってきたので、高島はきびすを返した。

二人は竹垣に枝を垂れているもみじの下を潜り、庭をくだった。

咲が触れたもみじの枝が竹垣の上で揺れ動くと、組まれている竹のうちの一本がぐらぐらと動いた。

垣根が作られて年数が経っているのだが、地震の復旧に多額の費用を要したので、ここまで手が回っていない。ゆえに竹垣は、ところどころ傷んでいるのだが、咲には、それが分からなかったのである。

奥御殿に戻った高島は、すぐさま筆を取り、一斎が定光の様子を月姫に報せてきたので、配慮を頼む、と、筑前守に宛てた手紙をしたためた。

筑前守に忠実な高島は、月姫が胸の内に秘めていることが、見えていないのだ。

七

虎丸が一斎の稽古に通うようになって三日が過ぎた。五郎兵衛が美しいと教えてくれた一斎の剣術の型は、まだ一度も見ていない。

今日も素振りで稽古を終えた虎丸は、自分の寝所に帰るなり、伝八に不服をぶつけた。

「ひと月ということだったが、このまま素振りだけで終わりそうな気がする。登城は、まだ先になりそうだな」

昼餉の支度を調えてくれる伝八が、十八歳の虎丸を見守る兄のごとくおおらかな顔つきで言う。

「まだ三日ですから、そう焦らずに。一斎先生が型の稽古に入るのを日延べされたのは、剣技を未熟に見せる若殿の演技がお上手という証ではないのですか」

「言われてみればそうか。では明日は、少し本気を出すか」

「少しだけですぞ」

二人で笑っていると、五郎兵衛が来た。

「若殿、食事の前によろしいですか」

「米のことか」

「はい。六左が戻りました」

虎丸は膳を横にずらして立ち上がり、五郎兵衛の前に座り直した。

「教えてくれ」

「はは」五郎兵衛が険しい顔をする。「米を盗まれたのは当家のみならず、浅草《あさくさ》にある公儀の御蔵に入るべき天領米も奪われていたようです」

「今度の川賊は、怖い物知らずか」

「まったくです。天領米ですから、中には代官所の役人が警護についていた荷船もあったそうですが、吹き矢で襲われ、命を落とした者もいるとか」

「吹き矢か。厄介だな。手口はやはり、荷船ごと奪うのか」

「はい。ですが、公儀も負けてはおりませぬ。船手方を増強し、米を運ぶ荷船には常に警護が付けられたことで、それ以来、川賊が出なくなったそうです」

「そうか……」

五郎兵衛が探る眼差しをする。

「浮かぬ顔をされて、いかがされました」

「賊が出なければ、葉月家の米を奪った者たちを見つけられないと思うたのだ。これでは、米を取り戻せぬ」

「御家老はあきらめて、金策に走り回っておられます。めどが立ちそうだとおっしゃっていたので、若殿は何も気にせず、剣術の稽古にお励みください。今日はいかがでございました。筑前守様とはお会いになりましたか」

「いいや。今日も登城されていたので会うていない。忙しそうなのは、公儀の米を盗まれたからであろうか」

「かもしれませぬが、どこで見られているか分かりませぬので、油断は禁物ですぞ」

「うむ。それは伝八から常に言われている」

「さようでしたか。食事の邪魔をしました。これより御家老の手伝いがございますので、ごめん」

五郎兵衛は頭を下げ、虎丸の前から去った。

膳の前に戻ると、伝八が調えてくれた。

冷めた蕪《かぶ》の煮物と飯を食べながら、虎丸はふと箸を止め、息を吐く。

「お口に合いませぬか」

伝八が気づかうので、虎丸は笑みを浮かべて首を横に振る。

「盗られたままというのが、どうもおもしろくない。船乗りを殺された山屋の者たちも、さぞ無念であろうな」

「殺された者は気の毒ですが、公儀が船手方を増やしたことで川賊が出なくなったのですから、これからは安心でしょう。米が戻らないのは痛いですが、若殿は、登城のことだけをお考えください」

六左が何かつかんでくれれば川賊を捕まえに行くつもりだった虎丸は、拍子抜けした気分になったものの、町へ探索に出るわけにもいかず、どうにもならない。

ここは伝八の言うとおり、登城に備えることに励もう。

気持ちを変えた虎丸は、ふたたび箸を動かした。

八

家老部屋にいる竹内は、文机《ふづくえ》の上に並べた帳面を前に、頭をかかえていた。廊下の気配を察して顔を上げ、居住まいを正す。そして、戻ってきた五郎兵衛が座るのを待った。

「いかがであった」

五郎兵衛は、目を合わさずに言う。

「信じてくださったと、思います」

「思います、か」

「若殿のことですから、疑わしきは問われましょうが、いつになく大人しゅうございましたので、心配ないかと。あとは、筑前守様の御屋敷で真実を耳にされぬことを祈ります」

「それは心配ない。一斎殿には、若殿は屋敷より出たことがないので、世俗のことをお耳に入れぬよう、と、文を送った。伝八にも、あとで耳に入れておく」

「まことに、これでよろしいのでしょうか。毎日のように川賊が出ていることを知られた時は、嘘を申した我らの信用に関わりますぞ。一枚岩でなければ、身代わり」

「声が大きい」

叱られて、五郎兵衛は膝を進めて声音を下げた。

「信用を失い、我らの結束が揺るぎますと、秘密を守り切れませぬ」

「分かっている。だが、あの気性では、葉月家の危機を救うために、奪われた米を取り戻しに走られる。登城を間近に控えた今、すっぽん一味の時のような無茶をさせるわけにはいかぬ。明日からはそなたも同道し、町の噂が耳に入らぬよう気を配れ」

「承知しました」五郎兵衛は帳面に眼差しを向けた。「して御家老、借財のめどは立ちましたのか」

「先ほど双井屋《ふたいや》から返答がきた。この上の借財は難しいということだ」

五郎兵衛が不機嫌な息を吐く。

「判太郎《ばんたろう》め、吉原《よしわら》では一晩で何百両も使う大盤振る舞いをしておるくせに」

「金を貸したのは、先代との付き合いがあったればこそ、ということであろう。要は、あるじが病弱で、いつ断絶となるか分からぬ家には貸せぬということだ。双井屋の信用を取り戻すためにも、若殿には、一刻も早う登城を果たしてもらわねば、失った米の穴埋めができぬ」

「米さえ奪われなければ、判太郎を頼らずともようございましたのに。ええい、川賊め」

五郎兵衛は、悔しそうに膝をたたいた。

竹内は冷静な眼差しを向ける。

「六左が引き続き探索をしている。そのうち、奪った者の正体が分かるであろうが、米は戻らぬと思うたほうがよい。今できることをして、乗り切るしかない。これから皆に告げる。主だった者をここに集めてくれ」

「承知しました」

五郎兵衛は立ち上がり、部屋から出ていった。

竹内はふたたび帳面に目を向け、苦悩に満ちた顔をした。

第三話　覚悟の登城

一

「嘉八《かはち》、これは受け取れぬ」

葉月家家老の竹内与左衛門は、そう言って袱紗《ふくさ》を押し返した。

「そうおっしゃらずにどうか、お手伝いをさせてください」

山屋のあるじ嘉八は、袱紗に両手を添えて差し出す。

「手前どもの手代から、竹内様が札差の双井屋から出てこられるのを見たと聞き、いてもたってもいられなくなり、まいりました。些少《さしょう》ではございますが、お使いください」

竹内は、真顔で嘉八を見据えた。

「米を盗まれた当家が、双井屋に借財をしたと思うたか」

「はい」

「心配してくれるのはありがたいが、気持ちだけ受け取っておく」

ふたたび袱紗を押し返す竹内は、案ずるな、と言った。

米を奪われてしまったことを申しわけなく思う嘉八は、なんとか力になろうとしたのだが、竹内は受け入れず、そなたも店《たな》の者を殺されて辛《つら》かろう、無理をするな、と言い、部屋から出ていった。

嘉八は、少しでも足しにしてもらおうと、今できる精一杯の百五十両を持って来たのだが、無理に置いて帰ることもできず、帰途についた。

裏門の潜り戸から出ると、待っていた手代の弥助《やすけ》が、うかがう顔で歩み寄るので、嘉八は首を横に振り、袱紗を渡した。

「やはり、受け取ってもらえませんでしたか」

嘉八は返事の代わりにため息を漏らした。

「二十歳で店を引き継ぎ、以来三十年も葉月家の米を運ばせてもらってきたが、こんな思いをするのは初めてだ。川賊が憎いよ」

「まさか、出入りを止められたのですか」

「むしろ、そうしていただいたほうが楽かもしれない。工面にお困りのはずだが、竹内様はおくびにも出されず、咎《とが》めることもおっしゃらない」

「さすがは、公方《くぼう》様のおそばにお仕えされていた名門。金のことをとやかく言う庶民とは違いますね」

「そうではない。荷船を襲われ、船頭を亡くしたわたしに気を遣わせまいとされているんだ。竹内様は、そういうお人だ」

「あのお方は、鉄のように冷たいお方だと思っていましたが」

「その逆だよ。先で店を持ちたいなら、人のことをよく見ろ」

弥助が苦笑いをした。

「人は、見かけによりませんね。竹内様がお優しいとは、思いもしませんでした」

「それに甘えてはいられない。殺された船頭たちの無念を晴らすためにも、なんとしても盗まれた米を探し出してお返しし、下手人を見つけないとね」

嘉八は歩を速め、鎧《よろい》ノ渡《わた》しがある小網町《こあみちょう》二丁目の店に帰った。

前から川賊を警戒していた嘉八は、葉月家の領地から運ばれる米俵に、一目で分かる赤い布を藁《わら》と一緒に編み込ませていた。

川賊は目立つ荷を嫌い、手を出さないだろうとふんでの策であったが、甘かったのだ。

しかし、嘉八はあきらめない。

川賊は、奪った米を必ず金に換えるはずだ。目立つ俵に入った米をどこかに売れば、必ず手がかりを得られるはずと思い、山屋の意地にかけて、手代たちに江戸中の米屋を調べさせている。

これまで手がかりは得られていないが、米屋を調べたことで、分かったことがある。それは、横行する川賊の影響と、夏の長雨のせいで江戸に入る米が不足し、売り値が例年の二倍近くに跳ね上がっていることだ。

こんな年に、五百石も失った葉月家の損は大きいはずなのに、竹内は顔色ひとつ変えずに嘉八と向き合った。

自分の息子よりも年下である竹内の苦悩を想う嘉八は、必ず見つけ出す、と、改めて決心し、山屋に戻った。

待っていた番頭が焦りの表情で帳場を立ったので、嘉八がいぶかしむ。

「どうした長介《ちょうすけ》。まさか、公儀の米が奪われたと言わないでくれよ」

「そのまさかです。と言っても旦那《だんな》様、襲われたのはお隣の北屋《きたや》さんでございます」

嘉八は目を見張った。

「またやられたのか」

「はい。たった今報《しら》せが来て、おふねさんが船手方の番所に行かれました」

北屋のあるじ、おふねと嘉八は、幼馴染《おさななじ》みだ。

手代を婿にして店を継いでいたおふねは、子に恵まれないうちに亭主を荷船の事故で喪《うしな》い、以来二十年、女だてらに店を切りまわしている。

おふねも嘉八も、荷船一筋で生きてきた。互いに競い、よき仲間であるだけに、放ってはおけない。

「ちょっと、行って来る」

嘉八は店を飛び出して、永代橋《えいたいばし》の西詰にある番所に走った。

後を追ってきた弥助が声をかけた。

「旦那様、心ノ臓にお悪いですから走らないほうが」

近頃、脈が乱れて頭がふっとすることがある嘉八だが、歩いてなどいられない。

息を切らせながら走り、番所の前まで行くと、おふねが出てきた。茫然《ぼうぜん》とした様子で立ちすくみ、こちらに気付かない。

「おふね」

嘉八の声に眼差《まなざ》しを向けたおふねの顔が、悔しそうにゆがんだ。

「嘉八さん」

涙声は、嗚咽《おえつ》に変わった。立っていられない様子で、番所の壁に手をついてしゃがみ込むおふねのそばに走り寄った嘉八が、肩を抱いて支えた。

「弥助、駕籠《かご》だ」

「へい」

弥助が流しの駕籠屋を探しに走るのを横目に、嘉八はおふねを休ませようと、近くにある茶店に誘った。

「ここは邪魔になるから、茶店で待っていよう」

応じたおふねを連れて道を横切り、軒先の長床几《ながしょうぎ》に座らせると、横に並んで腰かけた。

「店の者はどうした」

おふねは首を横に振り、辛そうな顔をうつむけている。

「一人で来たのかい」

おふねは涙をぬぐい、大きな息を漏らす。

「もう終わりだよ。どうにもならない」

「公儀の米が盗《と》られたと聞いたが、どれだけやられた」

「残っていた五艘《そう》の荷船、すべて持って行かれちまった。御旗本のことがあったから、もう盗られてたまるかと言って、番頭も手代も、男士《おとこし》はみんな、荷船に乗って いたんだよ」

「まさか、殺されたのか」

「手代の千太《せんた》だけが骸《むくろ》で見つかって、今番所で……」

声を詰まらせたおふねは、両手で覆った顔を膝《ひざ》に伏せた。

声を殺して肩を震わせるおふねのことを、茶店の者や客たちが、気の毒そうに見ている。

骸が連れて来られた番所の周りは、またやられた、ということで、ちょっとした騒ぎになっていたらしい。

そっと嘉八に教えてくれた茶店の亭主が、お代はいいから、と言って茶を置き、店に戻った。

番所から出てきた船手方同心の下垣が、茶店におふねを見つけて、通りを横切って来た。

嘉八が立ち上がって頭を下げると、顎《あご》を引いた下垣が、おふねに言う。

「手代に身内はいないと言ったが、どうするつもりだ」

「手前が引き取ります」

顔を上げたおふねはそう言うと、立ち上がろうとしたのだが、足下がふらついた。腕を支えた嘉八が、よく知る船手方に、遠慮のない怒りの眼差しを向ける。

「下垣様、いったいどうなっているんです。五艘も荷船が襲われたというのに、川に御船手方はいらっしゃらなかったんで？」

下垣は、腹立たしげな顔をした。

「奴らは、我らがいないところで襲うのだ。すべての荷船を見張れと言われても、難しい」

「公儀の米を運んでいてもですか」

嘉八の追及に、下垣は目を泳がせ、戸惑い気味に言う。

「代官所の役人が乗った舟が守りに付くということだったので、船手方は、別の場所へ出たという川賊を探しに行ったのだ」

「代官所のお役人たちは、どうなったのです」

「空の舟が見つかった」

その先を言わぬ下垣は、船手方は遊んでいたわけではない、と吐き捨て、おふねに骸を引き取るよう言い、番所に戻った。

下垣が悔しがっていることは、長い付き合いなので嘉八には分かっている。一日も早く赤い布の米俵を探し出し、下垣に伝えよう。

嘉八はそう自分に言い聞かせ、おふねを支える手に力を込めた。

それから三日が過ぎても、おふねの店、北屋には誰一人生きて戻らなかった。骸が見つかったという報せもないまま、さらに二日が過ぎた。

様子を見に立ち寄った下垣が、表の戸が閉められたままの店を気にしながら、山屋に入ってきた。

船手方も、何もつかんでいないと言う下垣は、おふねのことを訊《き》いてきた。

「隣はどうしている」

「おふねは、番頭たちの帰りを待ち続けています。何も見つかりませんか」

逆に訊く嘉八に、下垣は険しい顔で顎を引く。

「襲われたのが大川の河口だからな。海に流されていれば、見つからぬかもしれぬ」

「それは、あまりに惨《むご》うございます」

「何か分かればすぐ報せる。今日はな、お前に忠告に来た」

「手前が、何かしましたか」

「とぼけるな。手代たちを走らせて、いろいろ探っているのだろう」

嘉八は、米俵の赤い布のことを教え、米屋を探していることを正直に教えた。

途端に、下垣が険しい顔をする。

「相手は代官所の連中も歯が立たぬ川賊だ。手代が死ぬぞ」

「売っている米屋が分かり次第、お役人に報せるつもりでいましたのでご心配にはおよびません」

「そうか。ならば町方ではなく、わたしに報せろ。川賊は船手方が捕らえよとの命がくだっているのでな」

「承知しました」

嘉八が頭を下げると、下垣は茶を飲み干して湯呑《ゆの》みを置き、無理をするなと念を押して帰った。

戸口で見送り、中に入ろうとした嘉八は、ふと、隣を見た。戸が閉まったままの、寂《さみ》しげな店の様子に、ため息を吐く。

おふねはちゃんと飯を食べているのか気にしながら店に入ると、嘉八の背後から、番頭の長介が戻ってきた。

「ただいま戻りました」

声に振り向いた嘉八が、代わりに寄り合いへ行ってもらった長介のことを笑みで労《ねぎら》う。

「ご苦労さん。皆さん変わりはなかったかい」

「おふねさんのことを気にしてらっしゃいました」

「だろうな」

「ですが、旦那様が付いておられると言いましたら、安心されていました」

「そうかい。川向う(深川《ふかがわ》)の御同業はどんな様子だった」

「いやあ、皆さん、ほとほと困っておられました。川賊の噂を聞いた荷主が、船を使うのを渋りはじめたそうです。役人が頼れないので、皆で銭を出し合って、川賊退治をする寄合を作ろうかという話が出ましたが、なかなか、まとまりません」

「大変な時に、代わりを頼んで悪かったな」

長介は顔の前で手を振った。

「とんでもございません。それより、おふねさんの様子はどうです」

「昼飯を持って行ったら、気を遣わないでくれと追い返された。昨夜《ゆうべ》は深酒をしたらしく、目のやり場に困るような格好でいたので、帰って来たよ」

「お一人にして大丈夫ですか」

「下女に、目を離すなと言っておいた」

長介は、気の毒だと言い、悔しそうに息を吐き捨てた。

「このままじゃ、江戸中から荷船がなくなりますよ」

「確かにおふねも、もう商売をする気はないと言っていた。川賊の奴らが今ものうのうと生きているかと思うと、腹が立つよ」

「そのことですが旦那様、深川で、米の噂を耳にしました。値上がりが止まらないというのに、安く売っている店があるそうです」

「何！　そいつはほんとうか」

「町の女房連中が立ち話をしていたので確かめましたところ、米屋の店主は、仏の道様《みちさま》とか言われて、評判になっているらしいです」

嘉八が目を光らせる。

「その店の名は」

「お待ちを」

長介は着物の袂《たもと》から、忘れないように書きとめていた紙を出した。

噂の店は、深川の蛤町《はまぐりちょう》にある、若狭屋《わかさや》という米屋だった。あるじの道左衛門《みちざえもん》は、質がいい米を庶民に安く売るので、仏の道様と呼ばれているのだ。

話を聞いた嘉八は、顎をつまんだ。

「怪しいな」

「深川蛤町の若狭屋に行けばよろしいのですね」

「はい」近くで話を聞いていた弥助が歩み寄る。

「まずは、様子うかがいだ。弥助」

「調べますか」

先回りをする弥助に嘉八はうなずき、懐から出した財布を渡した。

「これで、米を買いに行ってくれ。どこで仕入れたのか、それとなく訊いてみろ」

「お任せください。では行ってまいります」

「気をつけろよ」

「はい」

弥助は前垂れを取って丸めながら台所に行き、空の米袋を持って勝手口から出た。

膨れた米袋を下げた弥助が戻ったのは、夕暮れ時だ。

帳場にいた嘉八は、ご苦労だったと労い、首尾を訊く。

女中が出してくれた水を飲んだ弥助が、るる述べたことによると、買った米の値は、江戸城下の米屋の売り値より四割も安く、店の前に一刻《いっとき》（約二時間）並んで、ようやく買えたという。

あまりの安さに驚いた弥助は、隣にいた町の女に、嬉《うれ》しいね、と言って話しかけ、対応した店の者に、どこで仕入れているのかそれとなく訊いたと言うので、そこまで聞いた嘉八が身を乗り出した。

「分かったのか」

弥助は口をすぼめ、首を振る。

「近くに番頭がいたので訊きましたところ、深川の長屋は貧しい者が多いので、あるじが人助けだと言って、ほとんど儲《もう》けなしで売っているそうです。このままじゃ店が潰《つぶ》れると、番頭は嘆いていました」

「目印の米俵はなかったか」

「店の中を見る限りでは、ございません」

番頭は物腰柔らかく、怪しいところはまったくなかったと聞いて、嘉八は腕組みをする。

「それにしても、潰れる覚悟で売るというのは、どうも怪しいな。もう少し調べよう」

「明日、もういっぺん行ってみます」

そう言う弥助に、嘉八は首を横に振る。

「お前は顔を見られているので怪しまれる」

弥助の横に座っている、足の速い手代に眼差しを向けた。

「清吉《せいきち》、明日の朝ひとっ走り行き、店を見張ってくれ。米を運び入れる者が来たら、跡をつけてくれ」

「分かりました」

「もし目印が付いている米俵を見たら、何もせず戻って来いよ。あとは、下垣様にお任せするからな。用心が一番。くれぐれも、気を付けてくれよ」

「はい」

清吉は表情を引き締め、顎を引いた。

二

「お前さん、一番鶏が鳴いたよ。お前さん」

身体をゆすられて目をさました清吉は、恋女房のおまさに笑みを浮かべた。

「おはようさん」

「よく眠れたの？」

「ああ、ぐっすりだ」清吉は、隣でまだ眠っている五歳の娘の頭をなでた。「可愛い顔をして寝てやがら」

「おう」炊き立てのご飯を出してくれたので、清吉は驚いた。「おい、白いおまんまじゃないか」

「隣のおさいさんが分けてくれたの。深川の若狭屋っていうお米屋が安いから、たくさん買ったんですって。今日行ってみようと思うの」

「よせ。やめろ」

清吉の顔が険しくなったので、おまさが怪訝《けげん》な顔をした。

「どうしたのよお前さん、怖い顔して」

「あそこは、盗《ぬす》っ人《と》から米を仕入れているかもしれない」

「ええ！　それじゃ、このご飯も？」

「かもしれないと言ったろう。はっきりするまで行っちゃいけねえ。今日にもはっきりするから、おさいさんにも、そう言っておけ」

「それじゃ、このご飯どうするの」

「捨てるのはもったいねぇや」

清吉は一口食べ、目を見張る。

「こいつは旨《うめ》えや。いい米だぜ」

「でしょう。一刻も並んだそうよ」

「こんなのを安く売るってのは、やっぱり怪しいな」

清吉は、調べに行くことは言わずに飯を食べ、支度をして家を出た。

長屋の連中は、まだ路地に出ていない。

すっかり川風が寒くなった永代橋を渡った清吉は、弥助が書いてくれた地図を頼りに蛤町へ行き、若狭屋を見つけた。

店はまだ閉まっていたが、早くも並んでいる者がいる。

「ひのふの……、十五人か。大繁盛だな」

行列の最後尾に並んで様子をうかがっていると、程なく店の戸が開いた。出てきた手代が、腰を折って言う。

「朝早くからありがとうございます。もうすぐ荷が入りますので、すみませんが、このままお下がりください」

導いて表の戸口から客を遠ざけると、店から人が出てきた。通りに荷車が来たのは、程なくのことだ。

刀を腰に帯びた用心棒に守られた三台の荷車は、米俵を山と積んでいる。店の前に止まると、人足たちが俵を担いで店に運び入れはじめたので、清吉は、目印の赤い布がないか目をこらした。

一つ一つ、食い入るように見ていると、店の手代が声をかけてきた。

「お客さん、危ないですよ。必ず買えますから、落ち着いて」

欲張りに見えたのだろう、客たちから失笑された。

「はい、こちらの手札を持っていてください」

これを持っている客は必ず買えるのだと教えてくれたので、清吉は受け取り、列に戻って大人しくしていた。

そうこうしているうちに、米俵はすべて、店に運び込まれた。手代のせいで見ていない俵があったので、清吉は舌打ちをする。このままでは帰れないと思い、荷車の跡をつけることにした清吉は、手札を懐に入れてそっと列を離れ、路地に潜んだ。

三台の荷車は、若狭屋から引き返し、大川の方角へ向かった。

この場から跡をつけるのは怪しまれるので、裏に回り、別の路地から通りに出た。

三台の荷車は、先を行っている。

どこから来たのだろうと思いつつ見ていると、堀川に突き当たり、岸辺を右に曲がった。橋を渡り、平野町《ひらのちょう》にある河岸で荷車を置き、待っていた荷船に乗った。

頰かむりを取った人足たちの、一仕事終えたとばかりに笑う表情が、清吉には悪人に見えた。大川に向かう荷船が、川上と川下のどっちに行くかまでは見届けてやろうと思い、跡を追う。

丸太橋《まるたばし》を渡った清吉は、千鳥橋《ちどりばし》の下を潜った荷船を追っていたのだが、後ろから追い抜いた者に行く手を塞《ふさ》がれて立ち止まり、墨染め羽織を着けた相手に安堵《あんど》の息を吐いた。

「お役人様、ご苦労様にございます」

頭を下げて先を急ごうとしたが、十手《じって》を突き付けられた。

「待て。怪しい者がいるとの報せが番屋にあった。ちと、話を訊く」

「わたしは怪しい者ではございません。米を買いに来ただけにございます」

「黙れ！　米を買いに来たと申すが、落ち着きなくあたりを見回していたではないか」

「丁度ようございました。若狭屋に米を届けた者たちは、悪そうな顔をしていました。あれはきっと川賊だと思い、追っていたのでございます」

「何、川賊だと」

「はい」

「どこにいる」

「あの船でございます」

清吉は堀川を指差した。

同心が先に立ち、振り向く。

「顔を見たのだな」

「はい」

「よし、付いてまいれ」

これで、米が見つかるかもしれない。

そう思った清吉は、同心と共に荷船を追った。

三

「どいてくれ！　どいて！」

嘉八は、気持ちとは反対に動かない足のせいでつんのめるように転がった。

助け起こしてくれた弥助をどかせ、必死に向かったのは永代橋だ。

西詰にある船手方の番所にいた下垣が、尋常でない様子に気付き、声をかけてきた。

「山屋、どうした」

胸を押さえ、青い顔をしている嘉八は、口をへの字にして永代橋の先を指差す。

「じ、自身番に、清吉、清吉が……」

息が上がっている嘉八に代わり、弥助が言う。

「先ほど自身番から、手代の清吉の骸が見つかったので、引き取りに来るようにとの報せが来たのでございます」

二日前から行方《ゆきがた》知れずだと聞いていた下垣が、険しい顔をした。

「よし、それがしも行こう」

共にいた上役に許しを得た下垣が、嘉八を助けて永代橋を渡った。

東詰にある自身番に入った嘉八は、だらしなく口を開けた、まぬけ面の同心に頭を下げた。

「山屋でございます」

「おお、来たか」まぬけ面の同心は、下垣に会釈をした。「どちら様です」

「それがしは、船手方同心、下垣主水之介《もんどのすけ》と申します」

名を聞いた同心が、ぱっと明るい顔をした。

「ああ、すっぽん一味を捕らえられた、下垣様ですか」

芸州虎丸が捕らえたことは一部では広まっているが、町方にそうと思われていることに、下垣は悪い気がしない。

「まあ、な」

「わたしは、中町《なかまち》奉行所同心、里中新兵衛《さとなかしんべえ》と申します。こちらは、川舟改役《かわぶねあらためやく》同心の……」

「戸田《とだ》です」

目つきの厳しい同心が、軽く頭を下げた。

川舟改役は、関東一円の川舟を検《あらた》め、船税を徴収するのが本来の役目であるが、船手方と同様に、横行する川賊を根絶やしにせんとする公儀の命を受け、主に大川の東側に目を光らせている。

共に川賊を取り締まる者として、下垣は敬意をもって頭を下げた。

「戸田殿、いったい何があったのですか」

すると戸田は、神妙な顔を嘉八に向けた。

「まずは、山屋、手代かどうか顔を見てくれ」

はいと応じた嘉八は、土間に寝かされ、筵《むしろ》をかけられている骸に歩み寄った。

番人が手を合わせるので、嘉八は人違いであってくれと祈り、目を閉じた。

「清吉！」

先に声をあげたのは弥助だ。

嘉八が目を開けると、蠟《ろう》のように血の気がない顔の清吉が、うっすらと目を開け、何か言いたそうな表情で横たわっていた。

「清吉……」

自分のせいだ。

嘉八は両膝をつき、震える手で頰に触れた。まるで氷のように冷たい。

「わたしが頼まなければ、こんなことには……。清吉、許しておくれ、許して……」

可愛い手代を抱いた嘉八は、むせび泣いた。

下垣が里中に訊く。

「いったい、何があったのです」

「米屋の周りをうろちょろしていたので怪しいと思い声をかけたところ、川賊に盗られた米を探している、怪しい者たちが荷船に乗って逃げたと言うので、共に探していたのです。ところが、この者は足が速くて、待てとゆりても聞いてくれず、とうとう、見失ってしまったのですよ」

「堀川に浮いている骸を見つけたのは、それがしだ」戸田が言った。「正面から心臓を一突きに殺されている。他に傷はないので、一撃必殺の剣法だ。下手人はかなりの遣い手とみた。これは厄介だぞ」

「まったくです」

渋い顔をする下垣から眼差しを転じた里中が、嘉八に訊く。

「山屋、手代から詳しいことを訊く前に離れてしまったので分からぬのだが、川賊のことを何か知っていて、探っていたのか」

「実は旦那、手前は、運んでいた米を川賊に盗られたのでございます。殺された者たちのためにも、どうしても米を取り戻したくて、目印をつけている俵を探していたのでございます」

嘉八が、赤い布のことを教えると、戸田と里中が顔を見合わせた。

里中が訊く。

「どこかに目星をつけて、清吉に探らせていたのか」

「はい」

「どこだ」

「蛤町の、若狭屋でございます」

「若狭屋……」里中が、ぼうっとした顔で考えた。「仏の道様が……、まさか、信じられん」

嘉八が慌てた。

「若狭屋さんが川賊だと思っているのではなく、米を安く売られていると聞きましたので、どこから仕入れてらっしゃるのか気になり、それで、清吉を」

「向かわせたのか」

「はい」

「若狭屋ならば、とんだお門違いだぞ」

「えっ」

驚く嘉八に代わって、下垣が訊く。

「もしや、評判を聞いて調べられましたか」

すると里中が、締まりのない頬を揺らして顎を引いた。

「中町奉行所の与力殿を筆頭に調べに入ったが、米はまともなところから仕入れた物ばかりで、帳簿も怪しいところはなかった。今も商売を続けていられるのが、後ろ暗いところがない証《あかし》だ。勝手に動く前に、一言訊いてくれれば、このようなことにはならなかったのだ」

嘉八が食い下がった。

「しかし旦那、清吉は荷船を追ったんじゃないのですか」

「確かに追った。こんなことがあったので調べたところ、そいつらは、ただの荷船屋と人足だった。清吉が荷船屋の連中を調べたかどうかは、見た者がおらぬので分からぬ。荷船を追った先で何があったのかは、清吉しか知らぬことだ」

嘉八は、物言わぬ清吉の横でうな垂れた。

「あれほど無茶をするなと言ったのに……」

鼻水をすすり上げた嘉八は、家に帰ろう、と言って、清吉の骸を引き取り、番屋を後にした。

永代橋を渡った袂《たもと》で下垣と別れる時、嘉八はどうにも収まりがつかなくなり、思いをぶつけようとした。

だが、下垣に手で制された。

「分かっている。清吉を殺した下手人は、必ずそれがしが捕まえる。だからな、嘉八。商人は商売のことだけを考えて、目明しのまねごとをしちゃいかん。肝に銘じて、二人目の清吉を出すんじゃないぞ」

辛い嘉八は、唇を震わせて目を閉じ、深々と頭を下げた。

「お願いします。清吉の仇《かたき》を、取ってやってください」

「うむ。ところで山屋、そこまでして米を取り返そうとしたのはどうしてだ。盗まれた米は、御公儀の物だったのか」

「いえ」

「どこの米だ」

「御旗本の、葉月様の米でございます」

「葉月……」下垣が考える様子を見せ、すぐに思い出した顔になる。「ああ、若殿が病弱だった、あの葉月家か」

「さようでございます。せっかく床払いをされたというのに、このようなことになってしまい、申しわけなく」

「それで、必死になったのか」

「荷船の船頭たちも殺されましたので、その無念も晴らしてやりたく、無謀なことをしました」

「死んだ者たちの家族の面倒をみてやるのか」

「もちろんでございます」

「だったらなおのこと、下手人を捕まえようなどと思うな。いいな」

「はい」

「うむ」

背を向けて番所に入る下垣にもう一度頭を下げた嘉八は、弥助と荷車を引き、清吉を連れて帰った。

変わり果てた亭主にしがみついて泣きじゃくるおまさと幼い娘の姿は、長屋の連中を怒らせ、悲しませた。

長屋の戸口にいる連中から、お前のせいだ、という、刺すような眼差しを向けられた嘉八は、おまさと娘の前で両手をつき、額を畳にすり付けた。

「すまない。すまない。すまない」

身体を震わせて、何度も詫《わ》びる嘉八に顔を上げたおまさは、長い息を漏らした。

「うちの人、あの日の朝は白いおまんまを旨《うま》い、旨いと言って、おなかいっぱい食べたんです。娘に、いい子で大きくなれよって言って出かけた時の笑顔は、仏のように見えました。虫の報せというのは、あんなことなんでしょうね。あの時わたしが気付いていれば、死んで帰ることなかったのに」

「それは違う。誰も気付くことなんてできやしない。悪いのは、仕事以外のことを頼んだわたしだ。自分を責めないでおくれ」

おまさは、何度も首を横に振った。

「悪いのは下手人です。旦那様こそ、自分を責めないでください」

「優しいな、おまささんは。辛いのに、わたしなんかを励ましてくれなくていいんだ。お役人に止められて、清吉の無念を晴らすこともできないんだから。今のわたしにできることは、清吉に代わって、お前さんたちの暮らしを守ることだ。できるだけのことはさせてもらうから、安心しておくれ」

おまさが応じてくれたので、嘉八は、ほっと胸をなでおろした。

四

葉月家に関わりが深い山屋が苦境に陥っていることを知る由もない虎丸は、今日も筑前守の屋敷に来ていた。

広い道場に師と二人だけの虎丸は、月姫の真剣を腰に帯び、一斎の前に立っている。

見守る一斎が顎を引くのに応じて、虎丸は右手で抜刀し、柄《つか》を右の腰に引くや、相手の腹を狙うつもりで突き出す。

すぐさま左手を添えて振り上げ、

「えい！」

気合と共に、幹竹《からたけ》割りに打ち下ろし、振り向きざまに、右から左へ一閃《いっせん》させた。

軽い刀身をぴたりと止めてみせる虎丸に、一斎が満足そうに顎を引く。

「今のは、よかったぞ」

十八度目にしてやっと褒められ、虎丸は長い息を漏らした。初めはわざと手抜きをしていたが、できるまで帰さぬと言われたので、五度目の時に本気を出した。ところが、まったくなっておらぬ、と鼻先で笑われてしまい、むきになって続け、やっと、認めてもらえたのだ。

得意顔で一斎に向いた虎丸は、刀を鞘《さや》に納めて腰から抜くと、右側に置いて正座し、両手をついて頭を下げた。

一斎が、顔を上げた虎丸に厳しい眼差しを向ける。

「定光殿、最後の太刀筋を常に出せ。さもなくば、城で腕を試された時、小姓に不向きとされるぞ」

「はい」

「五度目から、人が違ったようになったの」

虎丸はどきりとした。

「いえ、そのようなことは」

「まあよい。今日はこれまでじゃ」

もう一刻経ったのか。

虎丸は両手をついた。

「ありがとうございました」

「うむ。明日は、次の型をやる。帰って身体の調子がよければ、今日の型をやってみるがよろしい」

「はは」

頭を下げた虎丸は、立ち去る一斎を見送り、汗を拭《ふ》きに井戸端に出た。

一斎に、手抜きをしていることを見抜かれている。

身代わりであることも見抜かれているのではないかと、不安に襲われた。

「若殿」

声をかけられて顔を向けると、廊下に伝八がいた。

「何か、お考え事ですか」

拭く手を止めて考えていたので、伝八は心配したのだろう。

虎丸は歩み寄り、一斎に見抜かれているかもしれぬと、小声で言った。すると伝八は、笑みで顔を横に振る。

「先ほど一斎先生とお話をしましたが、若殿は筋がいい、そうおっしゃっていました。疑われている様子はございませぬ」

「そうか」

考え過ぎだったことに、虎丸は安心し、帰り支度をして外へ出た。

門前で待っていた駕籠に乗り、帰途について程なく、虎丸は駕籠を止めさせ、顔を出して五郎兵衛を手招きした。

そばで片膝をついた五郎兵衛に言う。

「たまには、違う道を帰らぬか。大名屋敷ばかりが並ぶ通りは、なんの変哲もないのでおもしろうない」

五郎兵衛は困惑した。

「別の道とは、町に出たいとおっしゃるか」

「うむ」

「なりませぬ。物見遊山に出かけているのではないですぞ」

「そう固いことを言わず、ちょっとだけ、町の様子を見に行こうではないか」

「ならばどうでしょう、たまには歩きませぬか。町中は通りませぬが、この先の馬場などを見て――」道の先を示すために顔を向けた五郎兵衛が、息を吞み、目を見開いた。「西ノ丸様が来られます。駕籠から出て、こちらへお下がりください」

腕を引かれて駕籠から出た虎丸は、草履をつっかけるのも待ってもらえず、大名屋敷の壁際に連れて行かれた。五郎兵衛に言われるままに壁を背に立ち、頭を下げて行列を待った。

五郎兵衛と伝八、そして二人の家来は駕籠から離れ、地べたに正座して平伏している。

西ノ丸大手門のほうから曲がって来た行列の槍印《やりじるし》は、金色の葵《あおい》の御紋。

次期将軍、徳川家宣《とくがわいえのぶ》の行列に間違いなかった。

「浜屋敷に向かわれるものと思われます」

伝八が小声で教えてくれた。時々城を出ていかれるので、いつか出会うかもしれないと聞いていた虎丸は、胸の鼓動が高まった。広島で生まれ育った虎丸にとって、将軍家を継ぐ家宣は、雲の上の存在だ。

顔を見たいと思ったが、許されるはずもなく、身体を硬直させて、行列が過ぎるのを待った。

「もうよろしいですぞ」

頃合いを見た五郎兵衛が言ったので、虎丸は道の真ん中に歩み出て、行列を見送った。

「美しい行列だな。さすがは、次の将軍様だ」

「まったくです。家宣侯は元甲府《こうふ》藩主でございましたが、江戸の民のことを思いやる名君だと、御先代がおっしゃっておられました。上様がお世継ぎに定められた時は、江戸の民が喜んだものです」

「どのようなお人か、会《お》うてみたい」

「いずれ、若殿のあるじとなられますから、城で拝謁する時が来ましょう」

「それまで、御家を守りたいものだ」

「はい」

「帰ろうか」

虎丸は行列を見ながら、少しだけ後ろ向きに歩いて振り向いたのだが、歩いて来ていた人とぶつかりそうになった。

相手が咄嗟《とっさ》にさけてくれたおかげで、ぶつからずにすんだ。

「ご無礼いたしました」

虎丸が頭を下げてあやまり、顔を上げると、編笠《あみがさ》をつけている侍は、いや、と一言だけ言い、家宣の行列が向かっている桜田御門の方角へ歩みを進めた。

鮮やかな藤色の着物は無紋だ。だが虎丸は、ただならぬ気配を感じていた。

五郎兵衛も感じたのか、そばに寄り、侍を見ながら言う。

「何者でしょうか」

「分からない。だが、なんとも言えぬ、近寄りがたい品格が漂っている」

藤色の着物を着けた侍がどこから現れたのか、誰も見ていなかった。

場所柄、大名家の誰かがお忍びで町に出るのだろうということになり、虎丸たちは家路についた。

葉月家の屋敷に帰った虎丸は、寝所に戻ると、昼餉《ひるげ》を摂《と》った。

程なく竹内が来て、稽古《けいこ》の様子を訊いた。

虎丸は箸《はし》を置き、型を褒められ、明日は別の型を習うことを教えた。

すると竹内が、真顔で言う。

「後で、型をお見せください」

「まだ一つだけだぞ」

「それでもよろしゅうございます」

「分かった。食事の後に見せよう」

「では、庭に幔幕《まんまく》を張っておお待ちしております」

「大仰だな」

「先代様は、いつもそうされていましたので」

竹内はそう言うと頭を下げ、部屋から出ていった。

なるほど、と言って、ふたたび箸を取り、芋の煮物を口に入れた虎丸は、旨さに思わず笑みがこぼれた。

五郎兵衛が膝を進めて言う。

「葉月家には、門外不出の剣術がございましてな。御先代は、家来にもお見せにならなかったのでございますよ」

「それでは、誰も知らないのか」

五郎兵衛は顎を引いた。

「一人だけ伝授された者がいましたが、御先代と同じ時期に亡くなりましたものですから」

「指南書もないのか」

「残念なことに」

「将軍家の警護を任されるほどだから、よほど優れた剣術だったのだろうな。消えてなくなるのは、惜しいことだ」

「はい」

急いで食事をすませた虎丸は、庭の支度が調うのを待って、外へ出た。表御殿の大広間の前に、白い幔幕が張られている。

中に入ると、一人で待っていた竹内が床几から立ち上がり、刀を差し出した。

「先代様の形見、和泉守兼定《いずみのかみかねさだ》です」

「そうか」

受け取った刀は、月姫の物よりずしりと重い。黒漆塗りの鞘は使い込んだ感じはあるが、亀を透かし彫りにした鍔《つば》のこしらえは見事で、柄は新しい。

「鍔と柄は、替えたのか」

竹内は眼差しを下げた。

「はい」

「大切な形見を、わたしが使ってもよいのか」

「先代様はその刀を持ち、毎日登城なされていました。葉月家の当主として、登城の際にはお持ちください」

「そういうことなら、遠慮なく。では、はじめる」

虎丸は、幔幕で囲われた中心に歩みを進め、竹内に向かって立った。

抜刀するや、重い刀をものともせず、道場で習っている型をして見せた。

虎丸が納刀すると、竹内は厳しい眼差しをした。

「短いあいだで、でき過ぎではござらぬか。一斎殿は、なんと申されました」

「まだ未熟と、見ているようだ」

「そうですか。では、今の調子でよろしいかと」

「登城は、いつになる」

「先延ばしせず、今日にも病気平癒を届けようかと」

「それでは、型を覚える日数が足りぬと思うが」

「届けを出してお呼びがかかるまで日が空きましょうから、大丈夫です。早くて、来月でしょう」

「そうか。しかし、この程度でよいのか」

「今より、腕を上げませぬように。小姓にふさわしいと思われるのはよろしくございませぬので、旗本として、形ばかり剣が遣える頃合いでよろしいかと」

「今のままだな。うむ、分かった」

虎丸は、一つこなせたと思い、安堵の息を吐いた。

「ご無礼つかまつる」

五郎兵衛が幔幕の外で声をかけ、返事を待たずに入ってきたので、竹内が厳しい顔を向けた。

「何事だ」

五郎兵衛は虎丸と竹内に歩み寄り、小声で言う。

「たった今、一光寺《いっこうじ》の墓掃除より戻った者から聞いたのですが、五色様《ごしき》が、安国堂《あんこくどう》におられたそうです」

竹内は、驚きを隠せぬ様子で、虎丸をちらと見た。

尋常でない様子に、虎丸が誰なのか訊くと、五郎兵衛が顔を向けた。

「御先代の、腹違いの兄でございます」

「この家には、親戚《しんせき》があるのか」

「ございます」

虎丸は、頭が真っ白になった。

「ちょっと待った。そがなこと聞いとらんで。身内がおるなら、血が繋《つな》がった者の誰かを迎えりゃええじゃない。わしゃ要らんじゃろうに」

五郎兵衛が虎丸の両肩をつかんできた。

「若殿、大きく息を吸って吐いて、落ち着いてくだされ」

「落ち着いとれるか」

「家来に聞こえます！」

芸州弁が、と言われて、虎丸は目をつむり、気持ちを落ち着かせた。

竹内が寝所に戻ろうと言うので、従って外へ出た。庭には誰もいなかったが、用心に越したことはない。

寝所に入り、人が近づかないよう見張りを立てると、三人で膝をつき合わせた。

竹内が教えてくれた葉月家の親戚は、名を、五色四郎政頼《しろうまさより》という。

政頼は先々代の側室が生んだ子だったが、その同じ年に正室の子である定義が生まれたため、葉月家の世継ぎにされず、四郎を名乗っていた。

元服と同時に分家させる話が出たのだが、当時の家老だった竹内の父親が、領地を切り分けるのは御家を小さくするのでよろしくないと具申し、他家への婿入りに方針転換された。そして、政頼が十七歳の時、二千石の旗本・五色家との縁談が決まったのだ。

ほぼ同じ時期に定義と政頼は家督を継いだのだが、その五年後に、両家が絶交にいたる事件が起きた。当時、葉月家と五色家は領地が隣接していたのだが、欲深い政頼は、あろうことか葉月家の山の杉を勝手に伐採し、金にしたのだ。

初めは、山賊の仕業と思われていたのだが、木を盗んだ者を捕まえてみれば、政頼が雇った山師と判明したのである。

山を見廻《まわ》っていた家来が殺されていたこともあり、激怒した定義は、政頼に絶交状を送りつけ、公儀に厳しい処罰を願い出た。

それが受け入れられ、五色家は葉月家と隣接する領地を没収され、これにより八百石に減封となり、今に至っている。

話を聞いた虎丸は、心配になった。

「そのような者が、安国堂にいたのが気になる。病弱だった定光様の死を疑い、探ろうとしているのではないのか」

竹内が、険しい顔で顎を引き、五郎兵衛に訊く。

「寺から戻った者は、他に何か言っていたか」

「政頼様は、葉月家先祖の墓参りに来られたそうなのですが、寺の者に、安国堂はなんのために建てられたのか、しきりに訊いていたそうです」

「して、寺の者はなんと答えた」

「御先祖供養のためと、若殿の病気平癒を祈願するために建立されたと言ったそうです」

竹内が、虎丸に真顔を向けた。

「表向きはそうなっておりますので、寺の者は疑いもしないでしょう」

虎丸は、五郎兵衛に眼差しを向ける。

「五色様は、信じてくれたのか」

「中を見たいと願われたそうですが、葉月家の許しなく入ることはできないと言われ、政頼様は立腹して帰られたと」

「それでよい」

竹内が安堵した様子で言うので、虎丸が訊く。

「墓掃除の者は、何も知らないのか」

竹内が眼差しを向ける。

「秘密を知るのは、初めから関わっている者だけです」

「何も怪しまれていなければいいが」

「怪しんだとしても、五色家の者が安国堂へ入ることはございませぬ。万が一勝手に入ったとしても、秘密が見つかることはないでしょう」

「言い切れるか」

「はい」

自信たっぷりに竹内が言うので、虎丸は、いくばくか気分が楽になった。そして、ため息交じりに訊く。

「血縁者がいるにもかかわらず、定光様がわたしに身代わりをと遺言されたのは、両家の仲が悪いからか」

竹内が、珍しく戸惑った顔をしたので、虎丸は不思議に思った。

「違うのか？」

「血縁者を頼りにされなかったわけは、今は言えませぬ」

「隠すな。教えてくれ」

「はっきりしていないことがありますので、今はご容赦を。ですが、いずれ必ず、お教えいたします」

「何か、調べなければならないことがあるのか」

竹内は、口を閉ざした。

教えてもらえそうにないので、虎丸はあきらめた。黙っていると、竹内が言う。

「五色家の者は、誰一人として若殿の顔を知りませぬし、亡き若殿も、一度も顔を合わせておられませぬ。ばれることはございませぬので、ご安心を。もし万が一、五色政頼殿に城で声をかけられても、無視をしてください」

「絶交しているからか」

「そうです」

他人からしてみれば、見苦しい光景だろうな、と思う虎丸であるが、竹内や五郎兵衛の様子では、気軽に話さないほうが身のためだ。

虎丸は承諾し、五色家のことは忘れることにした。

五

何事もなく、十日が過ぎた。

道場から戻った虎丸は、昼餉をすませ、文机《ふづくえ》の前で儒学の書物をぱらぱらとめくっていたのだが、どうにも眠気に耐えられなくなり、気分を変えに庭に出た。

空は雲一つなく、道場から帰る時よりも爽《さわ》やかな天気になっていた。

池のほとりの石の上に立ち、主《ぬし》の黒鯉を探していると、背後で足音がしたので振り向いた。

伝八が歩み寄り、片膝をつく。

「すぐお部屋にお戻りください」

「どうした」

「お城から、御使者がまいられました」

「え……」

「すでに客間にお通ししてございますので、お急ぎを」

「分かった」

虎丸は緊張した。急いで寝所に戻り、伝八の手を借りて着替えをすませると、表御殿の客間に向かった。

待っていたのは、年のころは三十代の、厳しそうな男だった。

使者は胸を張り、下、と書かれた書状を見せたので、虎丸はまばたきをした。

動かない虎丸に、使者がいぶかしい顔をする。

そばに正座している竹内が、両手をついた。

「おそれおおくも、上様からの書状でございますか」

「さよう！　見て分からぬのか！」

「とんだご無礼を。なにぶん当家のあるじは、病み上がりでございますもので、礼儀に疎く――」

「上様からの、書状である！」

竹内の言いわけがうるさいとばかりに言葉を被《かぶ》せた使者が、目を大きく開けて、虎丸を睨《にら》んだ。

虎丸がちらと竹内を見ると、下座へ、と口だけ動かした。

そういうことかと理解した虎丸は、立ち上がり、場を空けた。

なっとらん。

そう言わんばかりに顎を突き出し、威嚇するような顔で入れ替わった使者が、下座の虎丸が両手をつくのを待ち、口頭で告げた。

「葉月定光。明日の昼八つ（二時頃）に登城せよ。なお、供ぞろえは無用。病み上がりゆえ、駕籠を許す」

虎丸は平伏した。

「謹んで、承りました」

「遅れぬように」

使者はそう言うと、書状を差し出した。

膝を進めて受け取った虎丸は、帰る使者をその場で見送り、上座に戻って書状を見つめた。

「これが、将軍からの書状か。初めて見た」

「確かめます」

竹内が手を差し出すので、虎丸はそのまま渡した。

開いて読み終えた竹内が、膝の上に置いてため息を吐く。

「このように早く呼ばれるとは。供ぞろえを免除されたのは救いですが……」

真顔を向けられて、虎丸は不安を隠せない。

「どうするん?」

つい出た芸州弁に、竹内が慌てて廊下を見た。

虎丸も口を塞ぎ、廊下に顔を向けた。控えている家来には聞こえなかったらしく、
明日の支度を命じる五郎兵衛に顔を向け、いちいち顎を引いている。

竹内が虎丸に眼差しを戻し、眉《まゆ》をぴくりとさせた。不用心な虎丸に怒っている証だ。

「剣術のほうは、いかがか」

「今日は、上できだと言われた」

「ならば、心配なのはお言葉のみ。失敗は許されませぬぞ」

「もし万が一、ぽろりと本音（芸州弁）が出たら、どうなる」

「前にも申し上げたとおり、粗相がありましたら下城差し止めとなり、厳しく調べ

られます。芸州弁が命取りになることを肝に銘じて、落ち着いてください」

「すまん」

虎丸は、気を引き締めた。葉月家に仕える家来と家族の未来が、己の双肩にかかっている。逃げることはできない。

家来と話していた五郎兵衛が歩み寄り、片膝をつく。

「御家老、これより支度をはじめます」

「頼む」

「はは」

家来たちと去る五郎兵衛を見送った虎丸は、眼差しを転じた。

「寝所に戻り、礼儀作法の稽古をする。竹内、見てくれ」

「はは」

虎丸は、竹内と伝八を連れて寝所に入り、殿中での作法を確かめた。

明日は将軍の前に出るのだと思えば焦りが出て、これまで覚えていた言葉が出てこず、できていた作法ができなかった。

何度も繰り返し、粗相なくできたのは、夜中だった。

休まねば明日にひびくということになり、一刻（約四時間）ほど仮眠をとり、朝からは剣術の型の稽古をした。

何か食べておかなければ力が出ないと竹内が言うので、朝食を摂ったのだが、味がまったく分からなかった。

緊張のあまり気分が悪くなるのがいやだった虎丸は、無理をせず箸を置き、身支度をはじめた。

使者の書状には、熨斗目麻裃《のしめあさかみしも》でよいと書かれている。今日という日が、城で正式な行事がある日ではないからだ。

これを見ても、将軍綱吉の、病み上がりの定光に対する配慮がうかがえた。

「ありがたいことですぞ」

そう言ったのは、竹内だ。

行事の日であれば、諸大名や旗本が城に集まり、見知らぬ定光に注目するだろうと言ったが、虎丸の考えは逆だった。

「まさか、わたしだけか」

竹内が、おそらく、と答えるので、虎丸はますます緊張した。

「少ない人数のほうが目立つ。些細なこともごまかしがきかぬ」

「気持ちを落ち着けて、これまで繰り返したことを間違えずにおこなえばよろしい

「たやすく言うな。話を聞いただけでも、手が震えるほど緊張している」

見てみろ。と言って差し出した左手が、わずかに震えていた。虎丸は、肝が据わっているようで、気が小さいところがあるのだ。

気持ちが落ち着く間もなく時は過ぎ、出発の刻限となった。

身支度をして表玄関に行くと、並んで待っていた家来たちから、歓喜の声があがった。

五郎兵衛が歩み寄る。

「皆、若殿のお姿を見て感動しておりますぞ。どこから見ても、ご立派でござる。胸を張って……」

感極まる五郎兵衛は、虎丸の姿に、亡き定光を重ねているのだ。

気持ちが伝わった虎丸は、五郎兵衛の背中をたたいた。

「気持ちは分かるが、喜ぶのはまだ早い。泣くのは、無事に帰ってからだ」

「はい」

鼻水をすすった五郎兵衛が、式台に横付けされている駕籠に、虎丸を促した。

登城に同道するのは、槍持ち、草履取り、挟み箱持ち、供侍が二人、そして、竹内と五郎兵衛、伝八、陸尺《ろくしゃく》の二人だ。

江戸城大手門は、葉月家と筑前守の屋敷の、およそ中間の距離にある。

神田橋御門から曲輪《くるわ》内《うち》に入った一行は、徳川譜代の名門、酒井《さかい》家の長屋塀を右手に見つつ進み、屋敷の角を右に曲がった。真っ直ぐ進めば、そこはもう大手門前だ。

内堀の前で駕籠を降りた虎丸は、家来を待たせ、竹内と五郎兵衛と伝八のみを連れて大手門に向かった。

巨大な門扉は、行事がないので閉ざされている。

虎丸たちは脇門を潜り、下乗橋《げじょうばし》を渡った。三の御門の枡形《ますがた》虎口《こぐち》を抜けると、左手に百人番所が見えてきた。

甲賀《こうが》の者が詰める番所だと五郎兵衛に教えられた虎丸は、優れた忍びとして広島にも名が知れている甲賀の衆が羽織袴《はかま》を着けているので、不思議な気持ちで見ていた。

程なく右へ曲がって、中の御門、ややきつい坂を登って、中雀門《ちゅうじゃくもん》を潜る。すると、瓦《かわら》屋根の御殿が目の前にあった。

「これが、本丸御殿にございます」

五郎兵衛が教えてくれた。玄関だけ見ても、格が違う。虎丸は、手に汗をにぎった。

玄関前に行くと、案内役の茶坊主が待っていた。

竹内が刀を預かるというので、虎丸は兼定を腰から抜いて渡した。

家来たちはあるじに同道せず、中の口という場所から入り、定められた廊下にとどまり、帰りを待つのが決まりだ。

皆とは、ここでお別れだ。

身代わりがばれれば、二度と会うことはない。

五郎兵衛は涙ぐみ、伝八は、青い顔をしている。

虎丸は、竹内に眼差しを向けた。

「お別れだ」

「のちほど」

竹内はそれだけ言うと、笑みを浮かべた。このように優しい顔ができるのかと思った虎丸は、気分が楽になった。

「では、行ってまいる」

茶坊主の案内で大廊下に向かう虎丸の後ろで、竹内たちはそろって頭を下げた。

本丸御殿は、静かだった。

気持ちに余裕がない虎丸は、茶坊主の後ろ姿しか見えていなかったが、ちらと横に向けた目に入る障子は重厚な作りで、廊下は磨かれ、素足にここちいいほど滑らかだ。

程なく、茶坊主が右に曲がった。中庭がある廊下を黙然と歩み、左に曲がり、そしてまた、右に曲がる。

広い。どこまで歩くのだろう。

案内がなければ、帰ることもできないと思っていると、茶坊主が立ち止まった。

「こちらでお待ちください」

部屋は、想像していたより狭く、襖《ふすま》の絵も地味だった。

虎丸は、茶坊主に顔を向けた。

「訊いてもよろしいですか」

すると茶坊主は、驚いた顔をしたが、すぐ目じりにしわを浮かべた。

「なんなりと」

「この部屋で、上様に拝謁するのですか」

「ほっほっほ。まさか。ここは、お呼びがかかるまで待つ部屋にございます」

「どうりで……」

地味と言いかけて、虎丸は言葉を呑み込む。

入室を促されたので、虎丸は従い、足を踏み入れた。

「すぐにまいります」

茶坊主はそう言って一旦《いったん》去った。

静かだ。鳥の声さえもしない。

時が止まったように感じる中、虎丸は正座し、目を伏せ気味に待った。

程なく廊下に足音がしたので、姿勢を正す。

先ほどの茶坊主が現れた。

「お待たせしました。ご案内いたします」

従った虎丸は、これまでより一段と広い廊下に出た。右側に中庭がある。左側の襖に描かれた見事な黒松を見る余裕があることに気付き、一旦部屋で待たされたことがよかったのだと思う。

「ここは、一松の廊下でございます」

言われて、初めて気付いた。

大きな声でしゃべってはいけないと竹内が言っていたので、虎丸は小声で、さようですか、と答えたのだが、因縁の場所に、思わず足が止まる。

赤穂浅野内匠頭が吉良上野介に斬りつけたのが、ここなのだ。縁座を恐れた広島の殿様が、葉月家に恩を感じ、そして、自分が身代わりを申し付けられた。すべては、ここからはじまったのだと思うと、複雑な気持ちだ。

「葉月様」

呼ばれて眼差しを向けると、茶坊主が、いぶかしそうに見ていた。

「いかがされました」

「いや」

虎丸が歩みを進めると、茶坊主が笑顔で言う。

「顔が青いですぞ。大きく息を吸ってくだされ」

「はい」

虎丸は、言われたとおりにした。

茶坊主が言う。

「これから、白書院にご案内します。座る場は、下の下でございますぞ」

「こころえました」

茶坊主は歩みを進め、白書院の入り口まで案内してくれた。

広い部屋には、誰もいない。

虎丸は入り口から一歩入ったところを示され、正座した。部屋の中を見る余裕などなく、顔をうつむけて待った。

「お出ましになられます」

茶坊主がそっと教えてくれたので、虎丸は、畳の縁《へり》に手が当たらぬよう両手をつき、平伏した。

人が入る気配があったが、何も声がかからない。

「上様と、大老格の柳沢様でございます」

茶坊主が教えて、離れて行った。ここからは、虎丸一人だ。座る気配を肌で感じ、頭に入れている口上を述べる。

「本日は上様の御尊顔を拝したてまつり、わたくし葉月定光めは恐悦至極《きょうえつしごく》に存じたてまつりまする」

何百回と稽古をしたとおりに言えて、虎丸は静かに息を吐く。

だが、すぐにくるはずの返答がない。

人となりをじっくり見られているようで、不安になった。

微動だにせず、平伏して待つしかない。勝手に顔を上げれば、どこかにいるであろう目付役が飛んできて、不忠を告げられる。

永遠に続くのかと思うほど沈黙が続いたが、虎丸は耐えた。声がかかったのは、平伏している頭に血が下がり、目が腫《は》れたような錯覚に陥った時だった。

「面を上げよ」

低く、よく通る声は将軍のものだろう。応じた虎丸は、両手をついたまま、畳から額を離し、やや顔を上げた。目を上に向けても、畳しか見えない。

「葉月、上様がお望みじゃ。顔を見せよ」

命令口調は大老格なのだろうが、決して顔を上げてはならぬと教えられているので、虎丸は、上げる仕草だけした。

そばに歩み寄った者が、小声で言う。

「葉月殿、上様がお望みです、顔を上げられよ」

これまで何百回と繰り返したこととは違う展開に、虎丸は頭が真っ白になった。

芸州弁が一言でも出れば、生きて城から出られぬ。

「葉月殿」

もう一度言われて、虎丸はようやく、言った者に顔を向け、目を見張った。

そこにいたのは、芸州虎丸を捜し歩いていた公儀目付役、山根真十郎だったからだ。

山根は、細い目でじっと見ていたが、促すように顎を引いた。

応じた虎丸は、上段の間に向かい、顔を上げた。下ろされた御簾《みす》の奥に、将軍の影がある。

「葉月、それへ」

将軍が声をかけたが、ここで動けば、軽んじていると思われる。これは、確かめられているのだ。

虎丸は稽古のとおりに、ははっ、と応じて、左右の膝を動かした。膝行《しっこう》の真似をするだけで、その場でふたたび平伏する。おそれ多くて、とてもそばに近づけない、という意思表示をするのだが、これを怠ると、大変なことになる。

じっと見ていた柳沢が、山根と目を交わす。

山根が、よろしいかと、という目顔で、頭を下げた。

「葉月、励め」

将軍は一言告げると、立ち上がり、上段の間から去った。

「葉月殿、ご苦労にござる。終わりましたぞ」

山根に言われて、虎丸は顔を上げた。いつの間にか、将軍と柳沢はいなくなっていた。

今日のために毎日稽古し、失敗を恐れて身が縮む思いでいた虎丸は、わずかな時間が、半日ほどにも感じていた。背中は、汗でぐっしょり濡《ぬ》れている。膝を崩したい気持ちだが、目の前にいるのは目付役だ。気を抜けば、首が飛ぶ。

「終わりでございますか」

虎丸が訊くと、山根の目が一瞬、鋭く光った。

「上様への謁見は終わりにござる。続いて、御大老格よりお話がございますので、こちらへ」

先に立つ山根に、虎丸は続いた。

山根が案内したのは、柳沢の御用部屋だった。

大老格だけあり、部屋には次の間があり、庭もある。

案内をした山根もそのままとどまり、柳沢を待った。

程なく廊下に足音がした。

山根が頭を下げるのに倣い、虎丸は平伏する。

上座に落ち着いた柳沢が、先ほどとは違う厳しい口調で、面を上げよと言った。

虎丸は、柳沢に対しても、将軍と同じように、やや顔を上げたのみで、目を合わせない。

「葉月、苦しゅうない。余に顔を見せよ」

五千石でも、定光は官職がないので苗字《みょうじ》を呼び捨てにされる。大老格ともなれば、広島の殿様も、安芸、と呼び捨てにされる。

竹内からこのことを聞いた時、柳沢の力の大きさを感じていた虎丸は、額に汗をにじませ、身体を起こして両手を膝の上に置いた。

「なかなか、よい面構えをしておる。亡き諸大夫に、どことなく似ておるな」

「おそれいり、たてまつりまする」

「そのほうのことは、山根から聞いておる。長らく病気だったゆえ、剣の修業をしておらぬというのは、まことか」

ここではいと答えれば、役立たずの烙印《らくいん》を押されてしまう。決して、剣を遣えぬと言うてはならぬと教えてくれた筑前守の顔を思い出し、口を開いた。

「多少は、稽古をしておりまする」

「ほう、余が聞いたことと違うと申すか」

「…………」

蛇に睨まれたかえるとは、今の自分のことだと、虎丸は思った。柳沢と山根に間近で見られ、生きた心地がしない。柳沢は亡き諸大夫に遺恨があり、葉月家を潰す気かもしれない相手だと思うと恐ろしくて、言葉も出ない。

「まあよい。そのほうが登城したこと、上様はお喜びであった。小姓見習いとしてそばに置くことをお望みであるが、その前に、小姓にふさわしい者か、余が確かめる」

柳沢の言葉に応じて山根が立ち上がり、別室から木刀を持って来て、虎丸の前に置いた。

「御庭にて、剣技をお披露目くだされ」

やはり、そうきたか。

虎丸は、山根から柳沢に眼差しを転じた。公儀を牛耳っている切れ者、というよりは、意地が悪そうな親爺《おやじ》だ。目は口ほどに物を言うので、相手に気持ちを読まれぬよう気をつけろ、と教えてくれた竹内の顔が浮かび、すぐさま目を伏せ、頭を下げた。

「仰せに従い、剣の型をお見せいたします」

立ち上がって廊下に出た虎丸は、素足のまま庭に降りた。

掃き清められている庭を歩み、廊下に出て座った柳沢に向かって頭を下げ、腰に木刀を帯びた。

真剣を抜刀するように木刀を抜き、柄を腰の右側に引くや、相手の腹を狙うつもりで突き出す。

すぐさま両手で柄をにぎって振り上げ、

「えい!」

気合と共に、幹竹割りに打ち下ろし、振り向きざまに、右から左へ一閃させ、引き戻して相手の胸を突く。すぐさま振り向き、振り上げて再び幹竹割りに打ち下ろし、返す刀で斬り上げる。休む間もなく振り向き、えい、と気合を込めて、今度は袈裟《けさ》懸けに打ち下ろした。

一旦木刀の切っ先を下げ、次の型を披露しようとした時、柳沢が止めた。

「もうよい。分かった」

今ので、何が分かったのだろうか。

習ったことの半分も見せていない虎丸は、戸惑いつつも片膝をつき、頭を下げた。

立ち上がった柳沢が、虎丸を見おろして言う。

「本丸まで上がった供の者で、上位は誰だ」

「家老の、竹内でございます」

柳沢が、廊下に控えている若党に命じる。

「これへ連れてまいれ」

「ははー」

応じた若党が去り、程なく竹内が連れて来られた。

竹内は、虎丸が庭で片膝をついていることに驚き、丸くした目を柳沢に向けた。じろりと柳沢に睨まれ、慌てて庭に下りた竹内は、虎丸の背後に正座し、頭を下げる。

柳沢は、虎丸に言う。

「下城をさせず、目付に命じてそのほうをここへ連れて来させたのは、聞き捨てならぬことを耳に入れてきた者がいたからだ」

虎丸は、身代わりがばれているのかと思い、背筋が寒くなった。

柳沢が眼差しを転じる。

「竹内」

「はは」

「葉月の病気平癒は喜ばしいことだが、医者は、死病にかかっておると、言うたそうだな」

竹内は黙っていた。

「どうなのだ」

厳しく問われて、竹内ははいと答えた。

柳沢が目を細める。

「いったいどうやって、病を治した」

「若殿はもともと、死病ではございませぬ。それを間違えておりましたので、医者の出入りを差し止めました」

「では、どの医者が引き継いだ」

「医者は頼っておりませぬ。床払いができましたのは、殿の生きようとされるお気持ちと、神仏の御加護かと」

「ほう、神仏と申すか。菩提寺《ぼだいじ》の安国堂は、そのための物か」

「安国堂を、ご存じでございますか」

「訊いたことに答えよ」

「ご無礼しました。さようでございます。安国堂は、先祖の供養と、病気平癒を祈願するために建立いたしました。これに加え、奥方が神社に日参され、そのおかげで、床払いをすることができたのでございます」

柳沢は、探る眼差しを虎丸に向けていたが、ふっと、表情を和らげた。

「神仏の御加護か。信心深い上様がお聞きになれば、喜ばれそうな話だ」

虎丸はうつむいた。

柳沢は、厳しい眼差しのまま言う。

「だが、葉月定光、そのほうの剣の腕では、上様が落胆される」

柳沢はけちをつけて、このまま葉月家を潰す腹だ。

下がれ、と言われるかと思っていたが、柳沢は廊下に座り、虎丸を見据えた。

「上様は、亡き諸大夫の息子であるそのほうに期待されている。だが今の剣技では、小姓見習いにもなれぬ。そのまずい腕を補うためにも、手柄を立てて見せよ」

思わぬ言葉に、虎丸は驚いた。

「手柄……、でございますか」

「さよう」

何をすればいいのか見当もつかない虎丸は、戸惑った。

そんな虎丸に、柳沢が言う。

「上様は今、巷《ちまた》を騒がせている川賊の凶行に、胸を痛めておられる。川賊を捕らえ、手柄を立ててみせよ。さすれば、葉月家は安泰ぞ」

解せぬことを言う柳沢に、虎丸は訊いた。

「おそれながら、川賊は出なくなったと、聞いておりますが」

「どこの誰から聞いたかしらぬが、毎日のように出ている。船手方も、川舟改役も人手が足りず、公儀の米がずいぶんやられた」

自分は、嘘を吹きこまれていたのか。

騙《だま》されたと思い、動揺して目を泳がせる虎丸の様子を、柳沢はじっと見ている。

「どうだ。受けるか」

虎丸は考えた。川賊は退治したいが、その先には、小姓という役目が待っている。将軍のそばに仕えて、身代わりを隠し通す自信がない虎丸は、戸惑った。

「その御役目、謹んでお受けいたします」

言ったのは、竹内だ。

柳沢が厳しい眼差しを向ける。

「そのほうには訊いておらぬ。葉月、どうなのじゃ」

虎丸は、ちらと目を合わせた。柳沢は口をへの字に引き結び、答えを待っている。

進むも地獄、引くも地獄。ならば、やるしかない。

「承知しました」

「そうか、引き受けるか」

「はい」

「川賊は、平気で人を殺す極悪非道の輩《やから》ぞ。それでも、引き受けるか」

「必ず、お役に立ってみせまする」

柳沢はようやく、表情を和らげた。

「若いのに、殊勝な者よ。さすがは諸大夫の息子。よし、では見事捕らえてみせよ」

「はは」

「ただし、時はないぞ。やるからには、年賀の行事までに成し遂げよ」

「承知しました」

「うむ。二人とも下がってよい」

「はは」

上機嫌になった柳沢が笑顔を見せたので、まずは首が繋がったと思い、虎丸は、こころの中で胸をなでおろした。

竹内と二人で頭を下げ、その場から立ち去った。

庭から出ていく虎丸の後ろ姿を見ていた柳沢は、背後で片膝をついている山根に横顔を向ける。

「定光を、どう見る」

「今は、なんとも」

「ふん。未熟よのう」

「はい」

「そのほうのことじゃ」

「もうしわけございませぬ。わたしめは、何が見えておりませぬか」

「分からぬか。あれは、力を秘めておる。太刀筋は未熟に見せておるが、足の運びは、尋常ではない」

山根は驚いた。

「では、やはり」

「亡き諸大夫は、食えぬ男であった。倅《せがれ》に何を仕込んでおるかしらぬが、どうも、何か隠しているように思える」

「探りましょうか」

「いや、今はよい。竹内は油断ならぬ男だ。勘づかれて尻尾《しっぽ》を隠されては、何も見えなくなる」

「おそれながら、御大老格様は、葉月家の何をお疑いですか」

「葉月家など、もはや眼中にない。余は、芸州虎丸を探しておるのだ。もしも定光が川賊を捕らえれば、この絵の男だということじゃ」

柳沢は、一枚の人相書を袂から出して広げた。

「似ておりませぬが」

そう言う山根を、柳沢がじろりと睨む。

「似ておらずとも、定光を芸州虎丸にしてしまえばいい。もっとも、川賊を捕らえた時の話だがな」

「できましょうか。それがしには、剣が未熟に見えましたが」

「余の思い違いであれば、川賊に斬られよう。生きていても、川賊を捕らえねば改易といたす。葉月家が生き残る道は、一つしかない」

柳沢と葉月諸大夫のことを知る山根は、難儀を押し付けて鼻先で笑う柳沢の顔を見ることができず、恐々《きょうきょう》とした眼差しを下に向けていた。

六

駕籠が葉月家に入り、表玄関の式台に横付けされた。

降り立った虎丸は、肩を怒らせ、黙然と廊下を歩いて寝所に入ると、付き添って来た竹内たちに振り向く。そして、堪《こら》えていた感情をぶつけた。

「竹内、わしに嘘をついとったんじゃの」

真顔の竹内は、虎丸の前に正座した。五郎兵衛も竹内の後ろに正座し、伝八は、人が近づかないよう警戒した。

腹が立っている虎丸は、竹内と膝を突き合わせた。

「わしが米を奪い返しに行くと思うて、もう川賊は出とらんなどと、嘘をついたんか」

竹内は真っ直ぐな目を向けてきた。

「そのとおりです」

「確かにわしは、すっぽん一味の時は心配をかけた。ほいじゃけど、嘘を言わんでもええじゃないか。近ごろ六左の姿を見んけど、まさか、川賊の探索に行ったきり、帰っとらんのじゃないじゃろうの」

伝八が声をかけた。

「人が来ます。芸州弁をおやめください」

言われて、虎丸は口を閉じた。腹が立っているので、つい芸州弁になる。城では芸州弁が出なかったのに、ばれなかったことで安心し、気持ちがゆるんでいたのだ。

家来から伝言を受けた伝八が戻ってきた。

「御家老、山屋がお目通りを願っているそうです」

「待たせておけ」

「はは」

竹内は、虎丸に眼差しを戻し、すぐに伏せた。

「黙っていたことはあやまります。されど、御家のためだったと、ご理解ください。あの時若殿は、奪われた五百石を取り戻しに行かれる勢いでございましたので、町のことをお耳に入れなかったのです」

五郎兵衛が両手をついた。

「若殿が無事登城を果たされたことで、葉月家の断絶がまぬかれました。まことに、まことに、ようございました」

五郎兵衛に言われて、虎丸は大役を果たせたことにようやく気付いた。冷静になってみれば、身が震えるようなことだ。そして、自分の愚かさに、思わず笑いが出た。

何が可笑《おか》しいのかと問う顔をしている竹内に、虎丸は言う。

「わたしも、上様と柳沢様を騙して来たばかりだ。竹内や五郎兵衛に腹を立てるのは、愚かなことだった。すまん」

「いえ」竹内は首を横に振り、身を乗り出す。「今日はまことに、ようしてくださいました。川賊を捕らえるお役目を拝命したあなた様は、まことのあるじになられたのです。改めて、葉月家のことをお頼み申します」

「分かった。乗った船は――」

「沈めん。ですね」

言葉を取った竹内が笑みを浮かべるので、虎丸も笑った。

「では、山屋の話を聞いてまいります」頭を下げて行きかけた竹内が、思い出して振り向く。「六左のことでございますが、川賊の正体をつかむまで、あと少しだと申しておりました。生きておりますので、ご安心を」

「そうか」

「では。のちほど」

安心した虎丸は笑顔でうなずき、立ち上がった。

「わたしも、山屋と会おう」

竹内は、一瞬戸惑った顔をしたが、真顔で応じる。

「よろしいでしょう。ただし、米の弁償をすると申しても、お受けになりませぬように」

「分かった」

羽織袴に着替えをすませた虎丸は、竹内と二人で表御殿に行き、書院の間に入った。

程なく山屋の嘉八が庭に案内されて来たのだが、雨が降りはじめたので、虎丸は廊下に上がるよう告げた。

嘉八は恐縮し、軒先に座ろうとしたので、竹内が言う。

「嘉八、若殿のお許しが出たのだ。上がれ」

「ははあ」

嘉八は膝から廊下に上がり、虎丸に平伏した。

「お初にお目にかかります。山屋のあるじ、嘉八でございます」

「山屋、堅苦しいあいさつは抜きにして、面を上げよ」

「はは」

嘉八は、素直に顔を上げた。これが城ならば、目付役がすっ飛んでくるのだろうが、虎丸は、顔を上げてくれたほうが、将軍とて気分がいいのではないかなどと、勝手に思う。

竹内が言う。

「嘉八、今日はいかがした」

「はは。奪われた米をいまだ見つけることができず、お詫びにまいりました。飯米にお困りではございませぬか」

普通なら足が遠のくだろうに、わざわざ訊きに来る嘉八はたいした器だと虎丸は思い、天亀屋治兵衛を重ね見た。

「案ずるな。足りておる」

竹内が言うと、嘉八は安心した顔を見せたのだが、目の奥には、哀しい光を宿している。

どうにも気になった虎丸は、口を挟んだ。

「嘉八、米を盗られた他に、何かよからぬことがあったのか」

すると嘉八は、動揺した。

「いえ、何も」

「では、その哀しい目は、生まれつきか」

「……」

嘉八は目を潤ませ、顔をそむけた。

虎丸をちらと見た竹内が、嘉八に訊く。

「川賊のことで、何かあったのか」

「今日は、盗られた米が見つからないお詫びをさせていただくために来たのでございます。必ず弁償させていただきますので、どうか、お許しください」

気丈に言う嘉八に、竹内が言う。

「若殿はこのたび、御大老格直々に、川賊を捕らえよと命じられた」

「なんですって！」嘉八は目を見開いた。「病が治られたばかりだというのに、御大老格も酷なことを。若殿様、川賊は凶悪です。手前どもの者はおろか、御船手方のお役人も、昨日また殺されました」

虎丸は思わず片膝を立てた。

芸州弁が出ると思った竹内が口を挟む。

「嘉八、殺されたのは誰だ。まさか、すっぽん一味を捕らえた者か」

「下垣様は、怪我をされましたがご無事でございます」

虎丸は、気持ちを落ち着かせて座り、嘉八に訊く。

「誰に斬られたか、分かっていないのか」

嘉八は、辛そうな顔を横に振った。

「下垣様は、見つけた川賊を船で追われていた時に、吹き矢でやられたとおっしゃっていましたので、手前の荷船を襲ったのと同じ川賊に間違いないかと」

「あの下垣殿が、取り逃がしたのか」

虎丸は、船手方の者を率いて働いていた下垣の姿を思い出し、哀しくなった。

嘉八が膝を進める。

「若殿様、このお役目、できるものなら御辞退ください。せっかく、病が治られましたのに、お身体に障ります」

必死に言う嘉八に、虎丸は神妙に言う。

「わたしは、見てのとおり大丈夫だ。嘉八こそ、奪われた米を取り戻そうと思うな。よいな」

「はい」

「身体を気づこうてくれたこと、嬉しく思うぞ」

嘉八は両手をついた。

虎丸は、そんな嘉八に訊く。

「川賊のことで他に知っていることがあれば教えてくれ。些細なことでもよい」

嘉八は顔を上げ、膝を進めた。

「一つ、お伝えしたいことがございます」

「なんだ」

「運んでいたこちら様の米俵には、目印のために赤い布を編み込んでいました。探索のお役に立ちませぬか」

虎丸が身を乗り出す。

「それは、一目で分かるのか」

「分かります」

虎丸が竹内を見ると、竹内は顎を引き、嘉八に眼差しを向ける。

「よう教えてくれた。手を尽くし、行方を探そう」

受け入れられて、明るい顔をする嘉八に、虎丸がうなずく。

「殺された者の無念は、葉月家の名にかけて晴らす。皆が安心して働ける川を取り戻すゆえ、待っていてくれ」

「若殿様……」

「分かっている。無理はせぬ」

虎丸はそう言って、嘉八を安心させた。

その翌日、表御殿から戻った高島が、部屋にいる月姫の前に座り、にこやかに告げた。

「姫様、ご安心ください。定光様は、当分こちらにはお渡りになりませぬ」

定光が登城を果たし、お役目を拝命すれば夫婦《めおと》の契りを交わすと聞いていた月姫である。

庭で見かけたあのお方とお会いできると思っていた月姫は、機嫌よく伝える高島に眼差しを向けた。

「高島は、定光様がお渡りにならぬことが嬉しいのですか」

「まだ、姫様にふさわしき御仁か分かりませぬゆえ」

「ふさわしくなければ、どうなるのです」

「それは、筑前守様がお決めになられましょう。とにかく、一安心でございます」

言いつつ、高島は月姫の顔色をうかがっている。

目を伏せて合わせようとしない月姫は、ぼそりと訊く。

「お渡りにならぬわけは、何ですか」

「御役目のために、本所の下屋敷に移られました」

「御役目とは、何ですか」

「巷を騒がせている川賊を捕らえよと、御大老格様直々に命じられたそうにございます」

月姫は動揺した。

「御大老格様と先代様は、確執があったと、父上から聞いています。まさか……」

「姫様、いらぬ詮索《せんさく》は災いの元です。とにかく、当分定光様はお渡りになりませぬので、おこころ安らかにお過ごしください。よろしいですね」

月姫は、定光が遠くへ離れてしまった気がして、胸が苦しくなった。

第四話　甘い毒

一

　本所の下屋敷へ入った虎丸は、大川に面していると聞いていたので期待していたのだが、屋敷の表は大川沿いの道で、北と東は町屋、南側は、武家屋敷のあいだの狭い路地があるだけだ。

「舟はないんか」

　落胆のあまり、うっかり芸州弁が出てしまったが、部屋には竹内と五郎兵衛と伝八の三人だけだ。

　竹内は、ちらと目を光らせたが、聞き流して言う。

「葉月家は代々、城内でのお役目を賜ってきた御家ゆえ、舟もなければ、操る者もおりませぬ」

虎丸はうなずく。

「今から舟を揃えていたのでは、正月までに川賊を捕らえるのは無理だ。水主《かこ》を雇うか」

「雇いませぬ」竹内はきっぱりとした態度だ。「川賊の隠れ家を見つけ出し、そこへ踏み込みます」

「舟に慣れていないゆえそのほうがいいとして、どうやって見つける」

「六左が何かつかんで戻るはずですから、それから考えます」

「それまでは、動かないのか」

「まずは、船手方と川舟改役にあいさつ回りし、話を聞いてまいります」

「では、わたしも行こう」

「会うのは与力になりましょうから、若殿が行かれるまでもございませぬ」

「そうか。ならば、わたしは町に出て探索をしよう」

張り切る虎丸に、竹内が真顔を向ける。

「みだりに町へ出て探索をするなどもってのほか。家来が動きますので、若殿は大将らしく、ここで報告をお待ちください」

舟で川を縦横に走り回り、川賊と戦えると思っていた期待は、みごとに崩れた。

虎丸は焦った。

「それ、本気でよ《言》うるん？」

竹内は真顔で顎《あご》を引く。

「大将とは、そういうものです。下から上がってくる報《しら》せを集めて精査し、間違いのない指示を出さねば、死人が出ます。探索に出て、すっぽん一味を倒した芸州虎丸のようなことをしてはなりませぬぞ」

釘《くぎ》を何本も刺された気分になった虎丸は、何も言い返せなかった。

五郎兵衛が言う。

「ずっと気になっていたのですが、御大老格が若殿に川賊を捕らえるよう命じられたのは、正体を知っておられるからでは、ございませぬか」

竹内が真顔を向ける。

「身代わりがばれていれば、今頃は首と胴が離れている。御大老格は、若殿に無理難題を押し付け、御家改易の口実を作ろうとしておられるのだ」

「やはり、悪意の御命令ですか」

落胆する五郎兵衛に、虎丸が言う。

「思惑はどうあれ、われらにとっては願ってもないことだ。遠慮なく葉月家の米を盗んだ川賊を見つけて捕らえ、五百石を取り戻せる」

「たやすく思われぬほうがよろしいです。すっぽん一味の時は、運がよかったとお思いくださ い」

竹内の言うことはもっともだ。とにかく今は、六左の帰りを待つというので、虎丸は従い、暇つぶしに、下屋敷を見て回ることにした。

案内をかって出た伝八がまず連れて行ってくれたのは、本宅より広い庭だ。石の景色を楽しむ趣向の庭には、白い玉砂利を海、石を島に見立てて景観が造られている。

先々代が隠居して住んでいたというだけあり、表の庭は見事なのだが、母屋のほうは地震の後に建て替え、以前の物よりは小さくなっているという。

「庭よりも、良い眺めがございますぞ」

得意顔の伝八が案内してくれたのは、表の通りに面した長屋塀だ。家来たちが使っていない部屋がいくつかあるらしく、伝八はその中で一番広い部屋に入った。

格子窓から見えるのは、大川と、対岸の町だ。

二階なので遮る物がなく、江戸の景色がよく見える。

「おお、ここはええ。大川を行き交う舟が丸見えじゃ」

「芸州弁になっていますぞ」

虎丸は伝八に笑みを向けた。

「登城が無事終わったけえ、ゆるゆるじゃ。家来たちもおらんようじゃしの」

「急の引っ越しですので、まだ本邸で支度をしているのです。日が暮れるまでには来ましょう」

「それまでは、気を遣わんでええじゃろ」

「御家老の前では、お気をつけください」

「分かった」

虎丸は川を眺めた。

「よけえ舟《たくさん》がおる。この中にも、川賊がおるんじゃろうか」

「どうでしょうね」

横で外を見ていた伝八がそう言って、右側に移動して別の窓から眺めた。

虎丸は川下に目を向け、遠く霞《かす》む対岸の町並みを望み、ゆっくりと、川上に眼差《まなざ》しを向けて、舟の様子を見ていた。

「あれをごらんください」

声をあげた伝八を見ると、右手を格子から出し、焦りの表情を向けている。

隣に行き、示す方角を見る虎丸に、伝八が教えた。

「荷船を着けて、船乗りたちがつかみ合いをしています。川賊に襲われているのでしょうか」

見つけた虎丸は、覚えのある舟に安心する。

「ああ、ありゃただの喧嘩《けんか》じゃ。危なっかしいと思っていたが、やっぱりぶつかったか。川上から来たほうが、よそ見をしよったけえじゃ」

「そうでしたか」

虎丸が言ったとおり、程なく喧嘩が終わり、互いに離れて行った。

伝八が、戸惑いがちの顔を向ける。

「船手方が手を焼くのが分かる気がします。この中から見分けるのは、至難の業かと」

「竹内は陸《おか》から見張るつもりだろうが、難しいと思う。すっぽん一味を捕らえられたのは、小太郎たちが運ぶ酒が狙われとったけえじゃ。今見とるように、これだけ米を運ぶ荷船がおったら、どれが狙われるか分からん」

大川には、各地の天領で徴収された年貢米を運ぶ船が浅草の御米蔵を目指して集まり、混雑している。見ているあいだに、人を大勢乗せている渡し船が荷船の舳先《へさき》すれすれを横切り、虎丸は思わず、「ぶつかるで！」と叫んだ。

気をもみながら、危なっかしい大川の様子を見ている時、眼下の通りを、船手方の若い同心が川上に向かって走り去ったのだが、虎丸が気付くはずもなかった。

二

葉月家の下屋敷前を走って来た若い同心が、土手を駆けくだり、船着き場に止めてある屋形《やかた》船に飛び乗った。

「下垣様、来ました」

若い同心に言われて、隠れていた下垣は障子をそっと開け、外を見た。大川の川下から、五艘《そう》の荷船がさかのぼってくる。

「間違いないのか」

「見てください。舳先が黄色いのが、先ほど奪われたばかりの荷船です」

荷船には米俵が見える。浅草にある公儀の御米蔵に運ばれるはずだった米を川賊が奪うのを見ていた若い同心が、舟を岸に着けさせ飛び降りると、大川沿いの道を走り、網を張っている下垣に報せて来たのだ。

下垣が若い同心に訊《き》く。

「乗っていた者たちはどうなった」

「吹き矢でやられ、川に落ちました。他の荷船が助けに向かっていましたが、どうなったかまでは見ていません」

「やられた者たちのためにも、今日こそは、賊の行先を突き止めるぞ」

「はい」

下垣は、先日この先まで追った時に傷を負わされた首に手を当て、顔をしかめながら、吹き矢に気を付けろと言い足した。

五艘の荷船は、下垣ら船手方の者が隠れている屋形船の前を通り過ぎ、川上に向かった。

「出せ」

下垣に応じて竹棹《たけざお》をにぎるのは、屋形船の船頭になりすましている船手方の小者《こもの》だ。

ゆっくりと滑り出た屋形船は、下垣が乗るのを合わせて二艘ある。

どちらも、町人に化けた小者たちが酒宴を楽しんでいるように見せかけ、荷船とはあいだを空けてついて行く。

前回は、怪しい舟を止めようとして、いきなり襲われた。その教訓を生かし、慎重について行く。

荷船は大川の右側に向かいはじめた。舳先を向けている先には、水戸《みと》藩の別邸のほとりを流れる堀川がある。どうやら、そこに入るつもりのようだ。

盗んだ荷船で人目がある堀川に入るとは、大胆不敵。

行先を突き止め、手の者を集めて踏み込むつもりでいる下垣は、荷船を睨《にら》んだ。

「そのまま案内しろ。くされ川賊め」

汚い言葉を吐き捨て、背後の同心に顔を向ける。

「堀川に入ればこっちのものだ。船から降りて、川沿いの道を使って気付かれぬよう追うぞ」

「はは」

「敵は手ごわい、気を抜くなよ」

若い同心は緊張した面持ちで、顎を引いた。

川賊が操る荷船が、堀川にかかる橋を潜った。

下垣はその手前に屋形船を着けさせて降り、堀端に向かう。

荷船を操る男は舟歌を口ずさみ、どこから見ても、米を運ぶ船頭だ。

店《たな》を閉めてしまった北屋のおふねや、必死で店を守ろうとしている山屋の嘉八や船主たちのためにも、善人の面の皮を被《かぶ》った悪党を逃がすわけにはいかない。

下垣は、八人のうちの四人を堀川の北側に渡らせ、荷船が左側の支流に入っても付いて行けるようにした。

橋をもう一つ潜った荷船は、行き交う荷船の船頭に気軽に声をかけ、まっとうな同業を演じている。そのあまりの無防備と慣れ親しんだ姿に、ほんとうに、川賊なのだろうかと不安になる。

「おい、間違いないのだろうな」

若い同心に訊くと、真剣な顔で顎を引く。

「この目で確かに見ました。奴らは川賊です」

「よし」

荷船は堀川に沿って右に曲がり、横川《よこかわ》に入った。

横川は、深川まで続いている。途中で、町中を大川に向かって貫く竪川《たてかわ》、小名木《おなぎ》川《がわ》、仙台堀《せんだいぼり》と交差し、それらの川を東へ向かえば江戸から離れて大名の領地に繋《つな》がるので、遠く離れてしまえば船手方は手が出せなくなる。しかもこのあたりは、川舟改役の持ち場だ。

上役たちは功名を競っているので、見つかれば面倒なことになる。

「大川のほうへ曲がれ」

下垣は、右へ曲がれと念じた。

だが荷船は、竪川を左に曲がった。

「やはり川賊です。米を運ぶ船が江戸とは反対の方角へ行くのはおかしい」

若い同心が、手柄を立てたように言う。

「こうなったら、どこまでも追ってやる。目を離すなよ」

下垣は、横川に架かる橋に向かった。途中で二手に分かれていた四人は、下垣たちのところに来る橋がないので大回りを余儀なくされ、まだ追いついていない。

待っていると見失うので、下垣は先を急いだ。

橋を渡り、竪川沿いの道を進んだ下垣は、その先の光景を見て立ち止まり、目を見張った。

「いったいどうなっている。川舟改役は、なんで荷船をすんなり通すのだ」

ろくな仕事ぶりではない、と言い、肩を怒らせて歩みを進めた下垣は、商家のあいだの路地からつと現れた侍が、こちらに曲がって歩んで来るのに気を取られた。

編笠を被った着流しは、このあたりに多い御家人だろう。

関わると面倒なので道の右に寄り、すれ違う。

「ぎゃあぁ！」

突然の断末魔の叫びに振り向くと、後ろに続いていた若い同心が目を見開き、下垣に助けを求めるように右手を差し出しながら両膝《りょうひざ》をつき、うつ伏せに倒れた。

斬られた背中がザクロのように裂けている。

町人の身なりをしている小者二人は、武器を何も持っていないので逃げようとしたのだが、追われて斬られ、一人は堀川に落ちた。

斬ったのは、先ほどすれ違った侍だ。血が付いた大刀を下げ、下垣に向かってきた。

「おのれ！」

抜刀した下垣は、斬りかかる侍の刀を受けて押し返し、間合いを空けた。

編笠の下に見える鋭い眼差しと、人斬りの剣気に臆《おく》した下垣は、さらに一歩引く。

逃げようとして背を向ければ斬られる。

下垣は、刀の切っ先を相手の胸に向けて構え、猛然と出た。

「やあ！」

胸を狙って突いた刀を侍が受け流したので、下垣は向きを変えざまに刀を振り上げ、袈裟《けさ》懸けに斬り下げた。

目の前にいたはずの侍が、消えた。そう思った刹那《せつな》、下垣の首に、侍の刀がぴたりと当てられる。一瞬の隙を突かれたのだ。

声も出せず、絶望に顔を引きつらせる下垣に、侍は無情の笑みを浮かべ、刀に力を込めて引いた。

くるりと向きを変える侍の背後で、下垣は、足から崩れるように倒れた。

三

虎丸は、下屋敷の大廊下で床几《しょうぎ》に腰かけ、庭で剣術の稽古《けいこ》を披露する家来たちを見ていたのだが、あまりの頼りなさに動揺していた。

家来の一人が、打ち合わせた木刀を落としてしまい、痺《しび》れた手をさすりながら照れ笑いをして、虎丸に頭を下げた。

若殿も、剣術は苦手でしょう。

そう訴えられた気がした虎丸は、そばに座っている竹内に顔を向けた。

稽古を見ている竹内は終始真顔なので、どう思っているか分からない。

家来たちが気合をあげて木刀を振るう騒がしさの中、虎丸は竹内に顔を寄せた。

「竹内」

「はい」

「家来たちは剣術の稽古をしていないのか」

「こちらに移ってからは、毎日しております」

「本邸では、していなかったのか」

「たまにしかしておりませぬ」

「そうか……」

「この者たちはもともと、武術に優れた番方《ばんかた》の家系ではございませぬので、いたしかたないかと」

番方とは常備軍のことだ。平時は、小姓組や書院番のようにあるじの警護をする者たちなのだが、葉月家は今、番方といえるのは伝八のみ。虎丸の前で稽古をしているのは、勘定方のように家政を担う役方《やくかた》の者ばかりだった。

泰平の世が、旗本家中の軍事組織を消滅させたのだと思った虎丸は、竹内に不安をぶつけた。

「この者たちが、役人を何人も殺している凶悪な賊に立ち向かえるとは思えぬが」

竹内は、目を伏せた。

「若殿から見れば頼りないかもしれませぬが、ここにいる者は皆、各々が通う剣術道場の番付は中の上。舟の上で戦わなければ、賊など、恐れるに足りませぬ」

「捕らえる時は、一人でも多いほうがいいと思う。やはりわたしも――」

「いい加減、お分かりください」

竹内が言葉を被せてきた。

虎丸が口を閉ざして訊く顔をすると、竹内は続けた。

「若殿は剣が未熟です。川賊を相手に大立ち回りなどすればどうなるか、言わずともお分かりでしょう」

身代わりを疑われると言いたいのだろう。

「もう何度も聞いた」

「では、この先何があろうとも、ここから出てはなりませぬ」

「家来が殺されてもか」

「そうです」

竹内の毅然《きぜん》とした態度は、やはり自分も出る、と言おうとした虎丸を寄せ付けぬものがある。

虎丸は押し黙り、稽古をしている家来たちに眼差しを向けた。黙って稽古を見守り、直してやりたいところがあっても、口出しをしなかった。

虎丸のことを定光だと信じている家来たちは、役目を命じられた若殿のためになろうと、懸命に汗を流している。その熱き忠義に、虎丸の胸はちくりと痛み、そして、守りたいと思った。

公儀に疑われないためにも、竹内の言うとおりにしよう。

虎丸はそう思い、汗を流す家来たちを見ていた。

それから程なく、庭に入り、虎丸の前に片膝をつく者がいた。探索に出ていた六左が戻ってきたのだ。

六左に耳打ちされた竹内が、虎丸に頭を下げる。

「出かけてまいりますので、ご無礼します」

「川賊のことで何か分かったのなら、教えてくれ」

「確かめて戻り次第、お伝えします」

竹内はそう言って、六左を従えて立ち去った。

五郎兵衛が膝行《しっこう》してくる。

「何か、よからぬことがあったようですな」

「分かるのか」

「六左が険しい顔をしていましたので、なんとなくそう思いました」

この五郎兵衛の勘は、当たっていた。

夕暮れ時に戻った竹内が、奥の部屋にいた虎丸のところに顔を出した。珍しく、表情が厳しい。

尋常でない様子に、虎丸は、あとから入った六左に眼差しを向け、どちらかが口を開くのを待った。

六左は、虎丸の前に正座し、両手をつく。

「まずは登城を終えられたこと、祝着に存じます」

虎丸は顎を引く。

「柳沢様が川賊を捕らえよと命じられたのは、偶然ではない気がする。これをしくじれば、御家は改易になるだろう」

「先ほど、御家老から聞きました」

「そうか」虎丸は顎を引く。「葉月家の米を奪い、公儀の米を奪っている川賊は、見つけられそうか」

「そのことで、ご報告がございます」

「聞こう」

「山屋の手代・清吉が殺されたことは、ご存じですか」

「嘉八から店の者が命を落としたことは聞いているが、名前までは聞いていなかった」

六左は顎を引く。

「わたしの力及ばず、清吉が殺されるまで、川賊の探索に難儀していました。清吉が、若狭屋という、安く米を売る米屋に買いに行ったあとで殺されたと聞きましたので、念のため若狭屋のことを探っておりましたら、川舟改役の戸田という同心と、中町奉行所の里中という同心が、頻繁に会っていることが分かりました」

「若狭屋と役人が、川賊なのか」

これには、竹内が答えた。

「先ほど、その若狭屋の様子を見てまいりました」

「どうだった」

「残念ながら、表から見ただけでは判断できませぬ。米が安いのは確かですが、あの値で売っているところは、蔵前にもございます。若狭屋が特に怪しいというところは、見受けられませんでした」

「では、手がかりなしということか」

「申しわけございません」

六左があやまるので、虎丸は首を横に振る。

「そもそも、葉月家の者もわたしも、咎人《とがにん》の探索に慣れていない。その道に長《た》けている町奉行所なども探しあぐねている川賊を、六左とその配下だけで見つけ出すというのは無理があるのではないか」

六左はうつむき、押し黙っている。

このままでは川賊を見つけられないと思った虎丸は、何かいい手はないものかと考えた。

六左も焦っているようだった。

「盗まれた米がどこに流れているのか、一から調べてみます」

「ごめん」

声をかける家来がいたので、五郎兵衛が廊下に出た。

「いかがした」

「表で山屋が、早急にお伝えしたいことがあると申し、若殿に目通りを願っております る」

五郎兵衛が竹内にうかがう眼差しを向ける。

竹内が顎を引くと、応じた五郎兵衛が家来と表に行き、嘉八を庭に連れて来た。

虎丸が上がれと言うと、嘉八は廊下に膝行し、頭を下げた。本邸を訪ねたところ下屋敷に移られたと聞き、急いで大川を渡って来たと言った嘉八は、今にも泣きそうな顔をしている。

「嘉八、何があったのだ」

竹内に促された嘉八が、虎丸に顔を上げた。

「川賊を追われていた下垣様が、斬り殺されました」

すっぽん一味を引き渡した下垣の訃報《ふほう》に、虎丸は絶句した。

「嘘じゃろ」

思わず出た芸州弁に、竹内と五郎兵衛たちは焦ったが、言い終えて嗚咽《おえつ》している嘉八の耳には入っていないようだ。

虎丸は膝を立てて、嘉八に訊く。

「誰にやられたか、分かっているのか」

嘉八は、懇意にしていた下垣の死を悲しみ、言葉にならない様子だ。

「嘉八、気をしっかり持て」

竹内に励まされ、嘉八は長い息を吐き、虎丸に眼差しを向ける。

「報せてくださった旦那《だんな》の話では、骸《むくろ》を連れて戻った方々は、二手に分かれて追っていたので見ていないとおっしゃったのですが、川舟改役の同心の旦那が、浪人風の男に斬られるのを見ておられたそうです」

これには竹内が驚いた。

「その浪人風が、川賊の一味なのか」

「旦那は、そうおっしゃっていました。恐ろしい剣の遣い手だと、見ていたお方がおっしゃったそうですので、いの一番に若殿様にお報せしなければと思い、急いでまいった次第でございます。くれぐれも、お気をつけください」

虎丸は、心配してくれる嘉八に胸が熱くなった。

「報せてくれて、恩に着るぞ」

「もったいのうございます」

「一つ、教えてくれぬか」

「なんなりと」

「手代の清吉を若狭屋に行かせたのは、米を安く売っているのを怪しんでのことか」

「さようでございます」

「他に、理由はないのか」

虎丸の問いに、嘉八は不思議そうな顔をした。

「特にはございませぬ」

「そうか」

竹内らが言うように、若狭屋は川賊ではないかもしれぬ。

そう思った虎丸に、嘉八が言う。

「正直手前は、今も若狭屋が怪しいと思っています。この広い江戸ですから、毎日何かしら起きているでしょうが、調べに行かせた清吉が死んで帰ったのは運が悪かったと思えと言われても、思えるわけがございません」

竹内が訊く。

「誰に、運が悪かったと言われたのだ」

「清吉の骸を見つけなさった、川舟改役の同心の旦那です」

虎丸は、竹内を見た。竹内がちらと見て、嘉八に訊く。

「その役人の名は」

「戸田様です」

竹内が顎を引き、鋭い眼差しで訊く。

「下垣殿が斬られた時も、その者がいなかったか」

「はい、さようでござい……」そこまで言った嘉八が、はっとした。「まさか、戸田様が下手人ですか」

「その戸田とやらは、若狭屋に出入りしているそうだ」

「なんですって」嘉八は目を見張った。「それじゃ、若狭屋は……」

竹内が顎を引く。

「調べれば、何か分かるやもしれぬ」

嘉八が頭《かぶり》を振った。

「竹内様、それはおやめください」

「どうしてだ」

「中町奉行所が、すでに若狭屋を調べられています。怪しいところはないとおっしゃいました」

竹内が、解せぬ、と言い、嘉八に疑問をぶつける。「今も怪しんでいると、先ほど申したではないか」

「確かに申しました。ですが、奉行所が調べに入って怪しいところがないと言ったところへ、葉月家の皆さまが調べに入られるのはよくないと思い申し上げました。何もなければ、恥をかかれます」

竹内は、嘉八に笑みを見せた。

「そこまで想うてくれるか」

「祖父の代からお世話になっておりますので」

竹内がうなずき、真顔で訊く。

「中町奉行所が調べたと申したが、それは誰から聞いた」

「中町奉行所同心の、里中様です。殺された清吉を迎えに番屋に行った時におられたので、若狭屋が怪しいと申し上げたのですが、すでに、米を安く売る若狭屋を調べておられまして、なんら怪しいところはなかったと、おっしゃっていました」

「なるほど、分かった。下垣殿のこと、よう報せてくれた。亡くなった者は気の毒だが、暗闇に光明が差した気がする」

嘉八が驚いた。

「それはつまり、竹内様も若狭屋をお疑いで?」

竹内は答えずに訊く。

「船手方は、若狭屋を調べる気配があるか」

「いいえ。川賊については、大川より東は川舟改役が受け持ちだとおっしゃり、任せるそうです」

「そうか。下垣殿の同輩は、悔しいだろうな」

「それはもう、皆様悔しがっておられますが、これぱかりはどうにもならないと、お嘆きです。ちなみに、葉月様はどちらの受け持ちでございます」

「定められておらぬゆえ、川賊が行くところは、地の果てでも追う」

竹内の言葉に、嘉八が不安そうな顔をした。

「病み上がりの若殿様がどうしても御辞退できないのでしたら、この山屋嘉八が微力ながらお手伝いをさせていただきとうございます。なんなりと、お申し付けください。舟がお要りようでしたら、いくらでも手配をさせていただきます」

竹内が顎を引く。

「その時は声をかけるゆえ、勝手なことをせずにおれ」

「はい。お待ちしております」

嘉八は虎丸に頭を下げ、帰っていった。

虎丸が腕組みをする。

「臭うな」

「若狭屋ですか」

「その若狭屋に出入りしとる、二人の役人よ。悪人の臭いがぷんぷんじゃ。若狭屋に、甘い毒を飲まされとる気がする」

五郎兵衛が訊く。

「甘い毒とは、何です」

「尾道で世話になっとった亀という婆様の受け売りじゃ。悪いことをたくらむ商人は、まず役人を取り込み、己が捕まらぬ道をつける。それには、金と酒、そして、甘い毒を持った女を使ういうてよったのを思い出した」

「若殿は、そのようなおなごを見たことがおありで」

「ない」

五郎兵衛が笑みを浮かべる。

「男を手玉に取るおなごは、世の中にはおりますからな。どこにでもいる町女でも、色香で男を夢中にさせるとか。まあ、わたしには縁がないことですが」

「役人を調べれば、見られるかもしれんのう」

芸州弁で言い、今にも出ていかんばかりの勢いで言う虎丸を、竹内が制する。

「まずは川舟改役の戸田を、六左に調べさせます。若殿はここでお待ちください」

そうだった、と思った虎丸は座り直し、こころを落ち着けて六左を見る。

「下垣殿を殺した者には、くれぐれも気を付けてくれ」

「肝に銘じます」

六左は頭を下げ、調べに向かった。

四

若狭屋は、今日も長い行列ができていた。

あるじ道左衛門が表に出ると、客たちの熱い眼差しが向けられる。

「仏の道様《みちさま》だ。なんまんだぶ、なんまんだぶ」

老婆が手を合わせるので、道左衛門は優しい笑みを見せる。

「まだ米はたっぷりありますから、皆さん、辛抱してお待ちください。店じまいまで一刻《いっとき》（約二時間）ございますので、必ずお求めいただけますからね。では」

客たちに腰を低くした道左衛門は、待たせていた駕籠《かご》に歩み、駕籠かきに言う。

「いつものところへ頼みますよ」

「へい」

道左衛門を乗せた駕籠は、日暮れ時の深川の町を北へ向かい、堀端の、とある料理屋の前に止まった。

降り立った道左衛門は、手代を見張りに立たせ、料理屋に入っていく。

出迎えた女将《おかみ》の案内で離れに向かった道左衛門は、廊下にいる町人風の男が頭を下げるのに顎を引いた。

「お楽しみかい」

「へい。それはもうお喜びで。一勝負終えられて、今は酒を飲んでおられます」

「一勝負か。おもしろいことを言うじゃないか」

「それほどに、激しいご様子でしたので」

道左衛門は笑い、部屋の前に行って片膝をつき、障子越しに声をかける。

「お邪魔をしますよ」

この時の顔は、米屋で見せていた柔和なものではなく、五十人の川賊を束ねる、頭の面構えになっている。

「入れ」

声に応じて、手下が障子を開けた。

上座に座る二人の役人は、肌着に雅《みやび》な着物を掛けた妖艶《ようえん》な女の肩を抱き、酒を飲んでいる。

中に入った道左衛門は上座に進み、正面で座ると、女から受け取った銚子の注ぎ口を役人の手元に向けた。

「戸田様のおかげで、また荷を運び入れることができました。今日は、たっぷりお楽しみください」

「うむ」

大仰な態度で酌を受けた戸田は、一息に飲んで杯を置くと、女を抱き寄せ、満足そうな顔をする。

「今日は、格別な味だったぞ」

「選《え》りすぐりをご用意いたしましたので。里中様も、気に入っていただけましたか」

口をだらしなく開け、女の顔ばかり見ていた里中が、道左衛門に眼差しを向ける。

「まことに、このおなごをくれるのか」

「はい。どうぞ、連れてお帰りください。その代わり、次も頼みますよ」

「風間《かざま》三兄弟のことか」

「はい」

「心配いたすな。中町奉行所の者は、誰も疑っておらぬ」

「それは何よりでございます」

手下が道左衛門の横に袱紗《ふくさ》を置いた。それを二人の役人に差し出す。

「ほんのお礼でございます」

「おお、いつもすまんな。よし、これで何か買ってやろう」

里中が喜びの眼差しを女に向けて言うと、女はうれしい、と言って微笑み、酒を口移しに飲ませた。

二人の役人が楽しんでいることに微笑んだ道左衛門は、女たちに、あとは頼むと言い、部屋を出た。その足で向かったのは、別の離れだ。

こちらは女を呼ばず、男が三人で飲んでいる。

道左衛門は、廊下に控えていた別の手下から袱紗を受け取り、部屋に入った。

「お待たせしました」

正座して頭を下げると、三人がじろりと睨む。この者たちは、里中が言っていた風間三兄弟だ。

二十代前半の末弟が、左の頬に赤いあざをつくっているので、道左衛門が気にする。

「源四郎《げんしろう》様、いかがなさいました」

左の頬に手を当てて訊く道左衛門に、源四郎は何も言わず、ふてぶてしい顔をそむけた。

次兄の成信《なりのぶ》が愉快そうに笑った。

「兄上に殴られたのだ。昼日中《ひるひなか》の町で、船手方の者を斬り殺したからな」

「さようでしたか。まあ、後始末には苦労しましたからな」

道左衛門は、そら冷たい眼差しを向けた。

それに気付いた源四郎は、居住まいを正す。

「悪かったと、思っている」

「いいんですよ。おかげで、あの場所を知られずにすんだのですから」

道左衛門は膝を転じ、上座に座っている長兄の前に膝行した。

「鷹頼《たかより》様、明日も頼みます。米はいくらあっても足りませぬので」

差し出された袱紗をめくり、小判百両に満足した顔をした鷹頼は、道左衛門に笑みを浮かべる。

「川舟改役と町方の者には、ずいぶんいい思いをさせているようだな」

「あの二人のおかげで、我らは米を盗《と》り放題ですからな。安いものです」

「ふん。腐った役人を、よく見つけたものよ」

「いえいえ、手前が腐らせたのですよ」

そう言って笑う道左衛門に、源四郎が言う。

「船手方が深川の奥まで出張って来たのは、戸田たちが腐っていることに気付いたからではないのか」

「そのような気配はまったくございませんよ。跡をつけられたのは、舳先を黄色に塗られた、目立つ舟を襲ったのが間違い。次からは、目立たぬ舟を狙うように、手下どもに言い聞かせました」

源四郎がうなずく。

「そういう事なら成信の兄上、もっと稼ぎましょうぞ」

成信が鋭い眼差しを向ける。

「元よりそのつもりよ。船手方がふたたび陸から追って来た時は、おれに任せろ。人気《ひとけ》のないところで、こいつで殺す」

これまで何人も殺《あや》めてきた吹き矢を見せる成信に、源四郎は顎を引く。

二人の弟に百両を差し出した鷹頼が、道左衛門に言う。

「些細《ささい》なことで風間家を咎《とが》めて三十俵の捨扶持《すてぶち》に追い込み、深川に遠のけた公儀の者どもが、米を奪われて青い顔をしていると思うと、愉快でたまらぬ」

「まことに。格下げに伴い取り上げた御屋敷にお三方が戻られていることも、公儀は夢にも思いますまいな」

「そのことよ。持ち主は、まことに来ぬのであろうな」

「ご安心を」

「林《はやし》とやらは、なんと申している」

「公儀から賜ったものの、没落した家の蔵屋敷を使うのは気が進まぬ。そうおっしゃっています」

「没落か。ふん、言うてくれる」

「まあ、そのおかげで、空き家同然となっていた屋敷を安く使えるのですから、よいではありませぬか」

「まさか旗本の蔵屋敷に米が隠してあろうとは、公儀の奴らは思いもすまいよ」

「まことに。持ち主である林様も領地に戻られていますので、疑う者がおりませぬ」

「存分に米を奪ったあかつきには、浅草の米蔵を焼き払ってくれる。その時は若狭屋、米の値がさらに上がる」

「笑いが止まりませぬ」

「米をもっと高値で売ったらどうだ」

「それでは、人が集まりません。ただで仕入れた米ですから、今の値でもたっぷり稼いでいますよ」

「ふん。仏などと言われて、いい気分になっておるのだろう」

「恐縮でございます」

「米を売りつくしたあとはどうする気だ」

「ひとまず身を潜めます。風間様は、いかがなさいますか。旗本に戻られることをお望みでございましたら、お力になりますが」

「公儀の顔色をうかがうのは馬鹿らしいゆえ、旗本になど戻らぬ。役目がない御家人のままでよい。稼いだ金を兄弟で分けて、好きなように生きる」

「では、手前と共に、上方へ行きませぬか」

「上方か。お前たち、どう思う」

「兄上が行かれるなら、お供します」

次兄成信が言うと、末弟の源四郎も顎を引いた。

鷹頼が道左衛門に眼差しを向ける。

「決まりだ。上方へ行こう」

「御三方が来てくだされば、これほど心強いことはございません。嬉《うれ》しゅうございます。上方で存分に遊ぶためにも、もっと米を奪って、たっぷり稼がせてください」

「任せておけ。明日は、今日より多く奪う」

「頼もしいかぎりです」

話を聞いていた源四郎が、刀をつかみ、厠《かわや》へ行く、と言って外へ出ていった。

それを見た鷹頼と成信は、道左衛門と別の話をはじめた。

この時、戸田を調べていた六左が、床下に潜んでいた。

悪だくみを盗み聞いた六左は、川賊の正体を突き止めたことにしめたと思った。罪のない者たちを殺し、米を奪って遊び暮らす極悪非道の輩《やから》を捕らえれば、葉月家の手柄となると思ったのだ。

急ぎ御家老に報せねば。

気付かれぬよう用心して床下から這《は》い出た六左は、見張りに立っている手下の目を盗んで庭を横切り、裏の木戸から出た。外は日が暮れ、路地は暗い。

追っ手を警戒しつつ路地から出た六左は、夜道を走り、堀川に架かる橋を渡ろうとした。しかし、行く手を塞《ふさ》ぐ影に気付き、足を止める。

着流しに二本差しの侍は、薄笑いを浮かべているが、目つきは異様な光を宿している。

殺される。

そう直感した六左は、後ずさりしてきびすを返したのだが、匕首《あいくち》を隠した着流しの懐に手を入れている三人の男に囲まれた。

町の者は、見てみぬふりをして通り過ぎていく。ここは、治安が悪い深川の町だ。地回りの喧嘩と思っているに違いない。

「貴様、何者だ」

先ほど聞いていた侍の声に、六左は目を見張る。風間三兄弟に気付かれていたのだ。床下の気配に気付き、待ち伏せをしていたのは末弟の源四郎だ。

斬り抜けるしかない。

そう思った六左は、右手を腰に回し、小太刀を抜いた。

源四郎が迫り、抜刀術をもって横に一閃《いっせん》する。

六左は飛びのいてかわしたが、着物の前が割れていた。

はっとする六左に、源四郎が斬りかかる。

小太刀で受け止め、横に流して斬りかかったが、軽く弾《はじ》かれた。

右手でにぎった刀の切っ先を向けた源四郎が、じわりと前に出るや、切っ先を下に転じ、斬り上げる。

伸びてきた切っ先を見切った六左は、飛びのいてかわした。この隙を見逃さぬ川賊の手下が、背後から斬りつけた。

匕首で背中を斬られた六左が振り向いた背後から、源四郎が斬りかかる。

背中を袈裟懸けに斬られた六左は、のけ反ってよろけ、橋の袂《たもと》から堀川に落ちた。

刀の血振るいをして鞘《さや》に納めた源四郎が、手下に言う。

「手ごたえは十分だ。生きてはいまい」

腫《は》れた頰に手を当てていやそうな顔をした源四郎は、帰るぞ、と言い、手下を引きつれてその場から去った。

五

寝所で寝ていた虎丸は、廊下を忙《せわ》しく走る足音に目をさました。裏の庭で切迫した声がしたので、寝床から出て障子を開けた。声は、蔵のほうからしてくる。誰かを気づかい、懸命に励ます声に加え、慌ただしい声が飛び交っている。何かよからぬことを感じた虎丸は、草履をつっかけ、垣根の戸へ向かった。

裏庭に出て、声がするほうへ行くと、蔵の前に明かりがあった。集まった手燭《てしょく》のろうそくの火が、川からの風に吹かれて小さくなり、また、燃え上がった。ゆらめく明かりの中に、人が倒れている。

「早く運べ」

「医者はまだか」

家来たちが助けようとしているのが六左だと分かった虎丸は、駆け寄った。

気付いた竹内が、五郎兵衛に目配せをする。

応じた五郎兵衛が走り、虎丸のところへ来た。

「若殿、お部屋にお戻りください」

「そこをどけ」

「今行かれれば、冷静さを失ってお言葉が乱れます」

芸州弁が出るのを恐れた五郎兵衛に押し返された虎丸は、腕をつかみ、足をかけて押した。

腰を打たぬよう手で支えた虎丸は、五郎兵衛を座らせ、六左のところへ駆け寄る。

うつ伏せに倒れている六左の横に片膝をついた家来が、しっかりしろ、と言って真新しいさらしを押し当てたのだが、見る間に赤く染まっていく。

六左はぴくりとも動かない。

虎丸は、竹内に眼差しを向ける。しゃべろうにも、江戸の言葉が浮かばない。

虎丸を見ていた竹内が、先に口を開く。

「自力で戻ってまいりましたが、先ほど気を失いました。幸い、身に着けていた帷《かた》子《びら》で深手をまぬかれております。必ず助けますので、ご安心を」

この一言で、虎丸は気分が落ち着いた。大きな息をして、言葉に気を付ける。

「何者に斬られたか、誰も聞いていないのか」

すると、着物を血で汚した中間が歩み出た。

「風間三兄弟の一人に、斬られたそうです」

虎丸が顔を向ける。

「他には」

中間は、ためらった顔を竹内に向けた。

虎丸も竹内に向く。

「隠さず教えてくれ」

「………」

竹内は目をそらした。

「竹内！」

厳しい声に驚いたような顔をした竹内が、目を伏せて言う。

「今の葉月家家中では、川賊を倒せぬと言い、気を失いました」

虎丸は、神妙な顔でうなずく。

「六左はわたしを気絶させたほどの者。その六左が斬られたのだから、家中の者を心配するのは当然だろう。風間三兄弟とは、何者だろうか」

「初めて聞いた名です」

「どうする」

「六左が目をさますのを待ちます」

竹内は家来に、運べ、と言い、六左に付き添って長屋に行った。

五郎兵衛が立ち上がって歩み寄ったので、虎丸は寝所に促した。

伝八と五郎兵衛が座るのを待ち、厳しい顔を向ける。

「五郎兵衛、六左は一人で動いていたのか。陸尺《ろくしゃく》をしていた者たちは、いなかったのか」

「その者たちは、川舟改役の戸田と、里中という中町奉行所同心を探っています」

「六左も一緒じゃなかったのか」

「そのところは分かりませぬ。目をさませば、はっきりしましょう」

「川賊の正体が分かったとして、竹内はどうする気だろうか」

「居場所が分かれば、捕らえるのみにござる」

「相手は六左を斬ったのだ。相当な遣い手とみていい。だから、わたしも行く」

「いえ、若殿はご遠慮ください」

五郎兵衛が拒むので、虎丸は腹が立った。

「なんでや」

思わず出る芸州弁に、五郎兵衛はため息を吐く。そして、諭す顔を向けてきた。

「何度も言わせないでください。若殿は剣術ができぬことになっているのですから、川賊を相手に大立ち回りをされては、疑われます」

「家来の命より、御家がだいじか」

「そのとおりです。われら家来一同、御家のために命を捨てる覚悟でおりまする」

「ご心配なく。一人も死なせはしませぬ」

竹内がそう言って部屋に入ってきたので、皆顔を向けた。

虎丸が訊く。

「六左は目をさましたのか」

「いえ」

「誰も死なさぬと言うが、六左を斬った風間三兄弟は手ごわいぞ。家来たちの稽古を見るかぎり、太刀打ちできるとは思えぬ。どうやって川賊どもを捕らえる気だ」

「先ほど、六左の手の者が戻ってきました。若殿がおっしゃったとおり、やはり若狭屋は、中町同心と川舟改役の同心を金と女で仲間に引き入れているようです」

「甘い毒を持った女のことか」

「はい。役人は腑《ふ》抜《ぬ》け同然にされ、若狭屋の言いなりになっている様子。六左が何を聞いて襲われたかは、目覚めてみなければ分かりませぬが、おそらく、下垣殿が殺されたことも、役人どもが絡んでいるはず」

「そのような者を、どうやって捕らえる気だ」

「盗まれた米を捜し出し、動かぬ証《あかし》を突き付けて、観念させます」

「六左を斬った風間とやらが、大人しく従うとは思えぬ」

「その時は、命を賭《と》して捕らえまする」

「わたしが行けば、誰も死なせぬ。共に行かせてくれ」

竹内は首を横に振った。

「竹内！」

「葉月家のためです。若殿はここにいてください」

何度言っても同じことだと言われて、虎丸は、黙るしかなかった。

一時は高い熱に浮かされた六左は、医者の手当ての甲斐《かい》あり、翌朝になって意識を取り戻した。寝ずに付いていた竹内は、六左にしゃべれるか問う。

六左はまず、不覚を取ったことを竹内に詫《わ》び、見聞きしたことをすべて話した。

詳しい話を聞いた竹内は、六左に確かめた。

「若狭屋道左衛門が、川賊の頭目に間違いないのだな」

「料理屋での口ぶりでは、そのようにしか思えませぬが、証はございませぬ」

「盗まれた米を見つけるしかあるまい。それと、風間兄弟がいた料理屋の名と場所を教えてくれ」

「今の御家中では、危のうございます」

「それでもやらねばならぬ」

六左から料理屋のことを聞いた竹内は、控えていた配下に、家来を大部屋に集めるよう命じた。

六左が焦りの色を浮かべる。

「御家老、お待ちください。迂闊《うかつ》に動くのは危のうございます」

「心配するな。皆には、一人で行動せぬようきつく申し付ける」

それでも六左は止めようとしたのだが、竹内は、己の考えを話して六左を黙らせた。

「賊どもを逃がすわけにはいかぬ」

竹内はさらに、六左の耳元で何事かをささやいた。そして下男を看病に残し、大部屋に向かった。

命を受けた家中の皆が探索に出る時になって報告された虎丸は、六左と同じく、盗まれた米を探すのは危ないと言ったのだが、竹内は、慣れない舟で川賊を捕まえるよりは、隠し場所に来たところを囲むのが、死人を出さずにすむと言い張った。

冷静な竹内らしからぬ、焦っている様子に、虎丸は危うさを感じて止めたのだが、聞く耳を持たない。そして竹内は、虎丸と六左を下屋敷に残し、家来たちを連れて探索に出てしまったのだ。

不安そうな顔をしている家来たちを見送ることしかできなかった虎丸は、六左の様子を見に、裏の長屋に足を向けた。風間三兄弟のことを訊こうと思ったのだ。

庭を歩いていると、長屋から下男の声がしてきた。何事かと思い行ってみると、六左が這って外へ出ようとしていたので、虎丸は驚いて駆け寄った。

「六左、何をしている。死んでしまうぞ」

脂汗を浮かべた六左が、必死の顔で虎丸の腕をつかんだ。手が熱い。

「高い熱が出ている。戻って横になれ」

虎丸が下男の手を借りて連れ戻そうとすると、六左が腕を引いて訴えた。

「若殿、御家老をお止めください。風間を侮ってはなりませぬ」

「止めたが、言うことをきかぬ。竹内は頑固者だ」

「年貢米を運ぶ時季が終われば、若狭屋は姿を消すとお伝えしたので、焦っておられるのです。それまでに賊を捕らえなければ、若殿は御大老格から能無しと言われ、改易されてしまうかもしれないとおっしゃいました」

六左は何か言いかけて、下男を気にして口を閉じた。

言わずとも、虎丸は察しがつく。竹内は、それでは定光の遺言を守れぬ、と思い、焦っているのだ。

「このままでは、死人が出ます。若殿、止めてください」

大怪我を負いながら必死に訴える六左の声を聞きながら、虎丸は、自分が動くしかないと思っていた。

「若殿……」

「分かった。今から止めに行く。竹内はどこに行った。お前を斬った風間とか申す者の住処《すみか》は分かっているのか」

六左は首を横に振る。

「どこかの屋敷にいるようなのですが、名を聞き取れなかったので、場所が分かりません。御家老はまず、わたしが忍び込んだ料理屋を見張るおつもりではないかと」

「今もその料理屋に、風間三兄弟はいると思うか」

「いえ」

「無駄だと言わなかったのか」

六左が微妙な顔をしたので、虎丸は察した。

「いないと分かっていて、止めなかったのか」

「申しわけございません」

六左は、風間三兄弟がいない料理屋を見張るほうが、誰も怪我をしないと思ったに違いない。

だが竹内は、六左の思惑を見抜いているはず。家来たちを分け、若狭屋の見張りと、米を探すことも命じているはずだ。

川賊どもが、盗んだ米を運んで来たところを捕らえるほうが近道だと思った虎丸は、六左に訊く。

「米の隠し場所は、分からないのか」

六左は、悔しそうな顔を横に振った。

「分かりません。旗本の屋敷がどうのという声が聞こえたのですが、詳しいことは聞き取れませんでした」

「旗本屋敷……」虎丸は、怪しいと思った。「下垣殿が斬られた場所は分かるか」

「いえ」

「ならば、竹内より先に川賊を見つけるしかないか」

ぼそりと言う虎丸に、六左が目を見張る。

「若殿、何をなさるおつもりです」

「心配するな。竹内と家来たちに怪我をさせぬために動くだけだ。六左は、傷を治すことだけを考えていろ」

下男を促して六左を布団に戻した虎丸は、部屋に戻り、どうやって屋敷を抜け出すか考えた。

残っている二人の家来が、背を向けて廊下に座っている。虎丸が外に出ないよう、竹内が見張らせているのだろう。

六左の長屋から戻る時、裏の木戸には人がいなかったので、廊下にいる二人をなんとかすれば、出られる。

文机《ふづくえ》に座り、紙に筆を走らせた。

糊《のり》を付け、障子に近づく。

廊下を見張っていた家来は、背後で障子を閉める音がしたので振り向き、同輩と顔を合わせた。

先に気付いたほうが、見て来る、と言って立ち上がり、部屋の前に行った。そして、貼ってある紙を見て驚き障子を開けた。

納戸から布団を引っ張り出して横になっていた虎丸は、だるそうに言う。

「紙を見ておらぬのか。誰も開けてはならぬと書いてあろう」

家来が慌てて頭を下げる。

「申しわけございませぬ。されど、御気分が優れぬと書かれておりましたもので。お加減はいかがでございますか。医者を呼びまする」

「よいよい。半刻（約一時間）も眠れば治るゆえ、静かにしてくれ。廊下に気配があると気が散るゆえ、もっと離れてくれ」

「しかし……」

「竹内に、外に出すなと言われたか」

「はい」

「竹内がどこに行ったのかも知らぬのだから、追いようがない。まして、気分が優れぬのだから出たりはせぬ。下がってくれ」

「ははあ」

家来は、申しわけなさそうな顔で頭を下げ、静かに障子を閉めた。

気配が去るのを待って、虎丸は起き上がる。

まずは着物だ。今着ている紋付の着物では、葉月家とばれるので動きにくい。

音を立てぬように襖《ふすま》を開けた虎丸は、納戸に入り、長持を開けて中を探り、水色の着物を引っ張り出した。丸の中に広げた扇の、葉月家の家紋が染め抜かれている。

別の長持を探ってみると、黒の上等な生地の着物があったので出して広げると、こちらの家紋は金糸で刺繡《ししゅう》されていた。

虎丸は刀から小柄《こづか》を抜き、家紋を削《そ》ぎ落とした。

どこにも葉月家と分かるしるしがないことを確かめた虎丸は、他の長持から頭巾《ずきん》を探し出し、手早く着替えをすませると、小太刀を仕込んでいる刀を帯に落として納戸の板戸を開け、裏の廊下に出る。

やはり裏には誰もいなかったので、庭を走り、木戸から出た。

路地に誰もいないのを確かめ、黒い頭巾で顔を隠して走る。

大川沿いをくだった虎丸は、永代橋を見つけて渡ると、船手方の番所前を通り、堀川沿いを江戸城に向かって走る。

六

見覚えのある江戸橋の袂を右に曲がった虎丸は、武蔵屋の前で立ち止まった。

頼れるのは、ここしかない。

息を整えて、表の戸口から入った。

「邪魔をする」

声に振り向いた手代が、腰を低くして歩み寄る。

「いらっしゃいまし。舟をお求めでしょうか」

頭巾も着物も違うので、分からないようだ。

「謙《けん》、わしよ、わし、虎丸」

「芸州、虎丸様で」

確かめるように上の名まで言う謙に、虎丸はうなずく。

「ほうよ」

途端に、謙が明るい顔をした。

「うわあ、虎丸様だ！」

謙が再会を喜んでくれたので、虎丸は嬉しくなった。

「久しぶりじゃのう」

「はい。頭も気にしておられましたので、喜ばれます」

「頭はおる？」

「すぐ呼んできますので、こちらへおかけください」

店の土間に置かれている長床几をすすめられ、虎丸は腰かけた。

客はいないが、店の者たちは忙しそうに働いている。番頭の清兵衛の姿がないので、裏の船着き場にいるのだろう。

謙は程なく、その裏手から戻ってきた。

「すぐ来ますんで、お上がりください。ご案内します」

「すまん」

板の間に上がり、謙について行くと、奥の客間に通してくれた。

座ってすぐ、廊下に小太郎が現れた。

「虎丸様、よかった。またお会いできました」

嬉しそうに言うので、虎丸は笑みを浮かべる。

「久しぶりじゃのう、頭。急にすまん」

「いいってことですよ。謙、裏で番頭を手伝ってくれ」

「へい」

応じた謙は、虎丸に頭を下げて仕事に戻った。

廊下で謙を見ていた小太郎が、虎丸に笑みを浮かべて入り、下座に正座した。

「手前はずっとお捜ししていたので、来てくださって嬉しゅうございます」

虎丸は驚いた。

「どうしてわしを捜しょったんや？」

「川賊のことですよ。このたび、御旗本の葉月様が川賊退治を命じられたことは、船乗りのあいだじゃもっぱらの噂です」

虎丸は二度驚き、目を見張る。やはり小太郎は、顔を覚えていたのだ。このままでは、目付役の山根に知れてしまう。

「頭、そのことじゃけど……」

小太郎が手のひらを向けて口を制した。

そこへ、湯呑《ゆの》みを載せた折敷《おしき》を持った妹のみつが廊下へ現れ、虎丸と目を合わせると、恥ずかしそうに頭を下げて入り、茶を出してくれた。

「ありがとう」

みつは笑みで頭を下げ、小太郎の前にも湯呑みを置いた。

小太郎が言う。

「おみつ、これから大事な話をする。誰も近づけるな」

「はい」

応じたみつが廊下に出て、障子を閉めた。

みつが去るのを待った小太郎が、膝を進めて小声で言う。

「大きな声じゃ言えませんがね、その葉月の若殿様は、幼い頃から病がちで、やっとうもろくにできないと言うじゃござんせんか。そんなお方に川賊が退治できるのかって、御同業の連中は心配していますよ」

ばれていなかった。

虎丸は、頭巾を被っていてよかったと思った。

「わしを捜しょったんは、目付役に頼まれてのことか？」

「いえいえ。例の、米を盗む川賊が毎日のように出ているので、虎丸様に警護を頼めたらと思いまして。お暇じゃないですかい」

「丁度ええところへ来たようじゃの。わしは、その川賊を捕まえる気で、頭に力を借りに来たんじゃ」

「そいつは願ってもないことで」

「頼めるか」

「へい。よろこんで」言った小太郎が、表情を曇らせた。「すっぽん一味を捕まえた時ご一緒した下垣様のことは、ご存じですか」

「うん」

「まったく、気の毒なことです」

「実は、今日は下垣殿のことで来た」

「ええ？　舟がお要りようではないので？」

「後々頼むことがあるかもしれんが、今日は違う」

「下垣様の、何をお知りになりたいので？」

「頭は下垣殿と親しそうだったけえ、どこで殺されたか、聞いているかと思うてのう」

「知っていますとも。むごい殺されかたをされたとも聞いています」

「そこへ案内してくれんかのう」

「おやすいご用です。それだけでよろしいので？」

「うん」

「下手人を探すのでしたら、手伝いますよ」

「いや、今日のところは案内だけ頼む」

「分かりました。今から行きますか」

「そうしたい」

「ではまいりましょう」

舟で行くと言うので、虎丸は小太郎について裏に出た。

仕事の指図をしていた番頭の清兵衛が手を休め、歩み寄る。

「虎丸様、頭がお会いしたいと毎日言っていました。ようお越しくださいました」

この前とは違って優しいので、なんだか妙な気分だ。

「さっき聞いたよ。すまんが、頭を借りるけえの」

「どちらに行かれます」

「下垣殿が殺されたところへ、手を合わせにな」

すると清兵衛は、神妙な顔で頭を下げた。

「さようですか。どうか、お気をつけて」

「うん」

虎丸は、案内された船着き場から猪牙舟《ちょきぶね》に乗った。

小太郎が操る猪牙舟は、堀川をくだって、行徳河岸《ぎょうとくがし》のほうへ進み、大川の中洲《なかす》を右手に見つつ、川上に向かった。

新大橋《しんおおはし》を潜ると、その先は荷船でいっぱいだ。年貢米を公儀の蔵に運ぶ荷船が増えているのだと、小太郎が教えてくれた。

天領から運ばれる米は、蔵米取りの旗本や御家人の物も含まれているので膨大な量だ。川賊が奪った物など、全体からすれば微量なはずなのだが、葉月家が奪われた五百石は、家計に深刻な影を落としている。

五郎兵衛から、竹内は金策で頭を抱えていると聞いているだけに、なんとしても賊を捕らえ、少しでも取り返したい。

虎丸は、荷船に積まれた米俵を見ながら、そんなことを考えた。

やがて舟は右の岸に寄り、中洲のあいだに入って行く。そして、その中洲が終わるところから右に曲がり、堀川に入った。

「ここが竪川です」軽快に櫓《ろ》をこいでいる小太郎が言った。「この先で横川とぶつかるのですが、下垣の旦那は、そこでやられました」

「斬られた場所の手前で舟から降ろしてくれ」

「へい」

小太郎は程なく、舟を岸に着けた。河岸の者に事情を話し、舟を留め置いてもらうと、道へ上がった。

案内してくれたのは、竪川のほとりに柳の木がある道だ。商家はあるが、小太郎の店がある町や鎌倉河岸にくらべ人が少ない。

「こんなところで、襲われたんか」

虎丸はあたりを見回した。人は少ないが町中だ。昼間に斬り合いをすれば、大騒ぎになったのではないかと思う。

竪川に架かる橋に行き、真ん中から川を見た。立っている足のすぐ下に船の舳先が現れ、竹棹を寝かせている船乗りの頭が出てきた。

橋に立っている虎丸を振り向く船乗りと目が合ったが、頭を下げるでもなく、前を向いて竹棹を操り、舟を滑らせる。

荷船だが、積み荷は空だった。

目で追っていると、荷船は少し離れたところで止められた。川舟改役と思われる者たちが、行き交う舟を止めて調べている。

下垣が斬られた時、こんなに近いところに、川舟改役はいたのだ。

そう思うと同時に、別のことが頭に浮かんだ虎丸は、そばで様子を見ていた小太郎に顔を向けた。

「頭、ついでに頼まれてくれんかの」

「なんなりと」

「今朝飯を食べそこねたけえ、腹が減った。あそこに、飯屋があるのが見える?」

小太郎は目を細めた。

「ええ、ありますね」

「財布を持ってないけえ、食べさせてくれんかの」

手を合わせる虎丸に、小太郎は笑った。

「世話になった虎丸様だ。もっといいところに行きましょう」

「いや、わしはあそこで食べたい」

「ええ? どこにでもある一膳《いちぜん》めし屋ですよ」

「それでええよ」

「いや、ここはいけませんや」

「なんで」

「質《たち》の悪い御家人が多ございますので、酒酔いにからまれると厄介ですから」

「わしが寄せ付けんけえ、心配するな」

にやけて言う虎丸に、小太郎はあきれたように笑う。

「そんなに、腹がすいておいでなので」

「さ、行こう」

「まいったな。絡まれても、ここで喧嘩をしないでくださいよ」

「分かった」

虎丸は先に橋を戻り、堀端の飯屋に入った。

三人ほど長床几に腰かけていた客が見てきたが、頭巾をつけた虎丸からすぐに目をそらし、食事にもどった。

黙々と食べる客たちを一瞥《いちべつ》した虎丸は、いらっしゃい、と声をかけてきた店の中年女に言う。

「二階は使えるのか」

「すみませんね。夜だけなのですよ」

「そうか。せっかくなので川の景色を眺めたいと思ったのだが」

「それでしたら、そちらの小上がりにどうぞ」

川端に面した格子窓がある場所を示されたので、虎丸は応じて、草履をぬいだ。

膝をつき合わせた小太郎が、思い出したように言う。

「旦那、飯を食べるとおっしゃいますが、お顔を出してよろしいので」

「そうだった。すっかり忘れとった」

「まだ頼んでいませんので、出ますか」

「いや、頭が食べてくれ」

「はあ？　手前一人じゃ、おもしろくもなんともないですよ」

「ほうか。ほいじゃあ、なんとか食べるけえ、頼もう」

「そうですかい。それじゃ」

困惑しつつも、小太郎は先ほどの女を呼んだ。

茶を出してくれた女に、店で一番旨《うま》い物は何かと聞くと、昼間は茶漬けとうどんしか出していないという。

「うどんをくれ」

虎丸はすぐに決めた。

小太郎は茶漬けを頼み、酒もあるというので、二合ほど頼んだ。

そのあいだずっと、虎丸は川を見ていた。行き交う荷船は空でも止められ、厳しい調べを受けている。

どうも、解せない。

「下垣殿は川賊の荷船を追っていたと聞いたが、ここまで来たんじゃろうか」

「同輩の旦那は、そうおっしゃっていましたよ」

「ふうん」

虎丸は肘杖《ひじづえ》をして川を眺めた。

となると、この場を受け持っている川舟改役は皆、戸田なにがしのように、若狭屋の息がかかっているのだろうか。

「お待ちどおさま」

先に酒が出てきたので、小太郎は虎丸にすすめた。

「一杯どうです」

「もらおう」

ぐい飲みで受けた虎丸は、頭巾の口の部分をつまんで浮かせ、酒を飲んだ。

「頭巾があったんじゃ、飲んだ気がしないでしょう」

「いいや、なんともない」

「ははあ」

憐《あわ》れんだ様子の小太郎が、手酌をして酒を飲み、虎丸に合わせて外に顔を向ける。

「さっきから、何を見ていなさるので？」

「川舟改役が、厳しく調べていると思うてのう。あれじゃあ、船乗りはたいへんじゃ」

「川幅が狭いですしね。何度か来ていますが、ここは特に、厳しいですよ」

「ほうなんか」

虎丸は、甘い毒で腐った戸田がいるのはここではないのかと思い、眼差しを転じて、小太郎に酒を注いだ。

程なくうどんと茶漬けが出されたので、虎丸は箸《はし》をとり、うどんを頭巾の下から一本ずつ吸い込み、小太郎を笑わせた。

虎丸も笑い、箸を置いて小声で訊く。

「さっき、川賊は毎日のように出とるいう《言》てよったな」

「はい」

「ほいじゃあ、今日もここを通るじゃろうか」

小太郎は驚き、顔を突き出す。

「それで、ここへ案内させたのですか」

「もしかしたら、と思うてのう。甘いかもしれんけど」

「どうでしょうね。川舟改役や中町奉行所が、このあたりを調べているはずですから、来ないんじゃないですか。見てのとおり、検《あらた》めが厳しいですし」

「ほうよのう」

やはり甘かったかと思い、虎丸は箸を取った。

うどんを食べ終えて、残った酒を少しずつ飲んでねばり、川を見ていたのだが、怪しいところは何もない様子だ。

店の者が、長居をする虎丸たちのことを迷惑そうに見ていたので、小太郎が気を遣った。

「虎丸様、そろそろ行きますか」

「もう一杯、うどんを食べてもええ？」

虎丸の粘りに、小太郎は感心した様子で笑みを浮かべる。

「ようございますとも。手前も付き合いますよ」

小太郎が店の女にうどんを二杯頼むと、女も板場のおやじも、手のひらを返して明るい声で応じ、うどんを作りはじめた。

客足は途絶え、店には虎丸たちだけとなっていた。

ずっと堀川に眼差しを向け、行き交う舟に目をこらしていた虎丸は、目の前を大川の方角から滑って来た荷船の様子が、他と違うことに気付いた。筵《むしろ》で荷を隠しているが、端から、米俵が見えたからだ。後ろに、同じ米俵を載せた荷船が三艘続いている。

まばたきをするのも忘れて見ていると、先頭の荷船は、川舟改役に止められることなく、すんなり通された。

役人たちは、当たり前のようにふるまっていたのだが、待たせている反対側の舟の船頭が不平等だと訴えたのに対し、公儀の御用米を運んでいるのだと言った。

はっきりその言葉を聞いたのは虎丸だけではなく、小太郎もであった。

「妙だな」

ぼそりと言う小太郎に、虎丸は訊く。

「珍しいことなのか」

「確かに御用米の札が見えますがね、この先に公儀の蔵はありませんから、行く方角が逆だ」

すると、店の女が口を挟んできた。

「御天領米を領地に戻しているんですよ。前に食べに来てくださったお役人様が、そのようなことをおっしゃってましたから」

小太郎が笑顔で応じた。

「なんだ、そうなのかい。せっかく運んで来た米を返すとは、よほど悪い米が混じっていたんだろうな」

「みたいですよ。今年は多いとかで、よく通っていますもの」

「カメムシでも付いたんだろう」

小太郎が、前に百姓から聞いたと言い、カメムシが付いた米は、一部が黒くなるのだと教えた。聞いている女は、カメムシは大きらいだと顔をゆがめている。

店の女と話をしながらも、小太郎が時折虎丸と合わせる眼差しは、怪しい、と言っている。

虎丸が女に訊く。

「前の川で働いとる役人と親しいんか」

「ええ、いつも役目終わりに酒を飲みに寄ってくださいますから」女は、頭巾を取らない虎丸をどう思ったのか、目を輝かせた。「ひょっとして、お役人の働きぶりを見張るお方ですか」

「そのように偉い者じゃない。近頃こっちに引っ越して来たんじゃけど、することがないけえ、顔を隠して、仕事を見つけに歩き回っとる」

家禄《かろく》だけでは食えぬどこぞの田舎侍と思ったらしく、女は気の毒そうな、なんともいえぬ笑みを浮かべて国を訊いてきた。

虎丸は西国とだけ教え、女に訊く。

「川舟改役の小者でもええけえ、雇ってもらいたいんじゃけど、ここを仕切っている人の名を知っとる？」

「戸田様ですけどね、旦那、よしたほうがいいですよ」

「なんで？」

「あのお方ときたら、威張りくさっていますから」

いやそうに顔をしかめて言う女に、虎丸が訊く。

「ここの客じゃないんか」

「こんなところに来るもんですか。ここに来る川舟改役のお客さんはみんな、下働きの人ばかりです。戸田様は、人相の悪いお侍とお高いお店に行っているって、噂ですよ」

「旦那、やめたほうがいいですよ」

小太郎が話を合わせてきたので虎丸が眼差しを向けると、川に目配せをする。

見ると、最後尾の荷船が、川舟改役に見送られるところだった。

跡をつけるつもりでいた虎丸は、用事を思い出した、せっかくなのに食べられなくて申しわけない、と店の女に言い、うどんに手を付けず立ち上がった。

察した小太郎も立ち上がり、飯と酒代を置いて虎丸に続く。

店を出た虎丸は、川舟改役に怪しまれぬよう道を変えて先回りし、川が見える路地に潜んで待った。

ゆっくり進む荷船が通り過ぎたのは、程なくのことだ。

「頭、ここから先はどうなっとるん？　町が続いとるんか？」

「町屋はぐっと減り、旗本の蔵屋敷が数軒あるだけで、寂《さみ》しいところです。その先は、葦原《あしはら》と田んぼがしばらく続きます」

次の町は大名の領地で遠いと言うので、虎丸は、旗本の屋敷が隠し場所ではないかとにらんだ。

「頭、舟で待っとれ」

「ご冗談を。今日は人様の荷を預かっていませんから、どこまでもお供しますぜ」

「ここからは、命がけになるかも知れんで」

「でしたらなおのこと、離れませんよ。なあに、喧嘩は負けませんので、手前でも、役に立つことがありますよ」

「頭……」

力になろうとする小太郎の気持ちが嬉しい虎丸は、顎を引き、荷船を追って出た。

歩いて程なく、町屋が途切れ、武家屋敷の漆喰《しっくい》壁が続く道となった。江戸城から離れているこのあたりは、下屋敷か蔵屋敷らしく、表門は閉ざされ、門番の姿もない。

夜ともなれば、寝泊まりしている中間の手引きで地回りが賭場を開き、町から人が来るのだと小太郎が教えてくれた。

人気の絶えた道を進み、虎丸は荷船を追う。川は真っ直ぐのため遠くまで見える。瀬戸内の海で鍛えられた視力を活《い》かして、気付かれぬようあいだを空けた。

やがて荷船が武家屋敷の前で止まったので、虎丸たちは他の武家屋敷の門前に置かれている灯籠《とうろう》に身を隠した。

荷船に乗る者が、あたりを警戒している。そして、前から来ていた舟をやりすごし、右に大きく膨らみ、舳先を左に転じると、道に架かっている橋を潜った。

灯籠の陰から首をのばして見ていた小太郎が言う。

「武家屋敷に入りましたぜ。やっぱり怪しいですよ」

「よし、裏に回るぞ」

虎丸は道を引き返して路地に入り、裏手に走った。

荷船が入った屋敷の裏手は、田畑が広がっている。畑のほとりを歩いて向かった虎丸は、忍び込む場所を探した。

「虎丸様、横手に木戸があります」

別の場所を探していた小太郎が見つけた木戸は潜り戸だったが、固く閉ざされ、びくともしない。閂《かんぬき》で閉ざされているらしく、外からは開けられそうにない。

「小太郎、肩を貸してくれ。ここへしゃがめ」

小太郎は応じて、戸の前にしゃがんだ。

虎丸は遠慮なく肩を踏み、戸に手を当てて支えた。

「よし、立ってくれ」

「へい」

小太郎は踏ん張って立ち上がった。

肩に乗っている虎丸は塀の瓦《かわら》に手をかけ、背伸びをして中の様子をうかがう。

人気はない。

迷わず瓦に足をかけた虎丸は、中に忍び込み、潜り戸の閂を外して開けた。入ろうとした小太郎を止め、耳打ちする。

目を見開いた小太郎の口を制した虎丸は、見張っているので行ってくれ、と言って、手を合わせた。

渋々応じた小太郎が、来た道を引き返す。

見送った虎丸は戸を閉め、川賊どもを探しに行った。

七

「兄上、今日も上々の収穫です」

運び込まれた米俵の山に満足したのは、風間家長兄の鷹頼だ。

戻ったばかりの成信に、腕組みをして訊く。

「今日は、何人殺した」

「荷船の船頭と、こしゃくにも向かってきた用心棒に吹き矢を食らわせましたが、急所を外しましたので、一人も死んではいないかと」

「珍しいな。仏心が芽生えたか」

「人を殺した夜は、どうも酒がまずいので」

「兄上は、優しいですからね」

源四郎が言いながら歩み寄って来たので、成信が睨んだ。

「お前は血に飢えた鬼だ。獲物と見れば、平気で斬り殺す」

「今日は、刀を抜いていませんよ。兄上がすべて、横取りしましたので」

「殺すほどの相手ではないからだ」

「そのへんにしておけ」

鷹頼に止められて、二人とも口を閉ざした。

鷹頼が、蔵に米俵を運んでいる川賊の手下どもを見ながら、源四郎に訊く。

「跡をつける者はいなかっただろうな」

「はい。船手方の奴らは、川舟改役に遠慮してか、今日は姿が見えませんでした。大川は荷船が多ございますので、荷船を奪うのを見ていた者はおりますが、追って来る舟は一艘もございませんでした」

成信が鼻先で笑う。

「荷船の者たちは、自分が狙われなかったことに胸をなでおろしておるのだ」

源四郎も鼻先で笑う。

「船手方の奴らも、我らを恐れているのです」

鷹頼が、お前は何も分かっておらんな、と言い、教えた。

「船手方は今頃、大名家の米を守っているはずだ。領地から蔵屋敷に運ぶ米を将軍家の膝下で盗られたとあっては、公儀の面目が潰《つぶ》れるからな」

「さすがは兄上。それで、天領米と旗本の米ばかりを狙えとおっしゃいましたか」

「そういうことだ」

「おかげで、五つある蔵が米俵でいっぱいになりましたね。風間家が旗本だった時には、なかったことです」

「ふん。どうせ我らの米ではない」

「若狭屋を殺して、すべて我らの物としますか」

「たわけ、若狭屋が金に換えなければ、せっかくの米が腐ってしまうではないか」

浅はかな末弟を鼻先で笑い飛ばした鷹頼は、二人の弟に酒を飲みに行くぞと言い、表門に向かった。だがその行く手に、黒頭巾を着けた侍が現れたので、三兄弟は立ち止まる。

「ずいぶん米を盗んだのう。ええ、風間三兄弟さんよう」

鷹頼が鋭い眼差しを向ける。

「はて、なんのことか」

「とぼけても無駄で。お前らの悪事を知っとるけえのう。おい、船手方の下垣殿を殺したんは、どいつや」

源四郎が前に出る。

「何者だ。貴様」

虎丸が睨む。

「お前か」

「だとしたら、どうする」源四郎が刀の鯉口を切った。「名乗れ」

「ふん、腐れ悪党が、いっぱしの侍のようなことを言うなや」

「何を！」

源四郎の顔に怒気が浮かんだ。

米を運んでいた川賊どもが声に気付き、一ヵ所に集めて立てていた大刀を取って駆けつける。

虎丸は、下垣と六左を斬った風間三兄弟と、集まって来た川賊どもを睨む。

「お前ら皆、悪げな顔をしとるのう。人殺しの顔じゃ」

「ふん。我らにとっては誉め言葉だ」

源四郎は言うなり迫り、抜刀術をもって刀を横に一閃した。

飛びすさってかわした虎丸に、成信が吹き矢を放つ。

息の合った攻撃に隙を突かれた虎丸であるが、持ち前の勘で、迫る吹き矢を着物の袖《そで》で受けた。

針が眼前に突き出たのに目を見張った虎丸が、矢を抜き取り、袖をかざす。

「あぁあ、穴が空いてしもうた」

その余裕が癪《しやく》に障ったらしい。源四郎が怒号をあげ、猛然と斬りかかってきた。

太刀筋を見切った虎丸は、袈裟懸けに打ち下ろされた一撃を鼻先紙一重でかわし、返す刀で斬り上げようとした源四郎から飛び離れた。

追う源四郎。その源四郎の耳をかすめて飛んで来た成信の吹き矢が、虎丸に迫る。

右手で小太刀を抜いた虎丸が、吹き矢を弾き飛ばす。

その隙を突いた源四郎が、吹き矢を弾いた虎丸の胴を狙って飛び込んでくる。

誰もが、腹を斬ったと思った。

だが、虎丸は左手で小太刀を抜き、刃《やいば》を受け流した。そしてすれ違いざまに、右の小太刀を振るい、源四郎の後ろ首を打つ。

「うっ」

呻《うめ》いた源四郎は刀を落とし、膝から崩れ伏して気絶した。

弟が倒されたことに、成信が目を見張った。だがそれは一瞬のことで、吹き矢の狙いを定める。

虎丸は近くに積んである米俵の後ろに隠れた。間一髪で、米俵に矢が刺さる。

「逃げても無駄だ」

成信が言い、筒に矢を入れつつ回り込んで狙おうとした時、虎丸は、米俵を蹴《け》って飛び上がった。

瀬戸内で鍛えた桁《けた》外れの跳躍に慌てた成信が、狙って吹き矢を放つ。

矢は外れ、頭上で一回転した虎丸が背後に下りたので、成信は己の刀をつかみ抜き、振り向きざまに斬らんとした。

だが、着地した虎丸に小太刀で足首を峰打ちされ、宙に浮いた成信は、背中から落ちた。

そこを虎丸が攻め、腹の急所を小太刀の柄頭《つかがしら》で打つ。

強烈な一撃に、成信は腹を押さえて悶絶《もんぜつ》し、泡を吹いて気絶した。

虎丸のあまりの強さに、鷹頼は怖気《おじけ》づいて後ずさる。

「き、貴様、何者だ」

小太刀を両手に下げた虎丸は、鷹頼に向いて言う。

「わしは、芸州虎丸じゃ」

刀の柄をにぎり、固唾《かたず》を飲んで見ていた川賊の手下どもから、どよめきが起きた。

鷹頼が、顔を引きつらせる。

「すっぽん一味を一人で倒した、あの、芸州虎丸か」

「だったらなんじゃい。刀を置いても、お前らは許さん」

虎丸が出ると、鷹頼は下がり、手下どもに叫ぶ。

「何をしておる。斬れ！　こ奴を斬れ！」

応じた二十余名の手下たちが刀を抜き、虎丸に迫った。

斬りかかった手下の刀を右の小太刀で受け流し、左の小太刀で肩の骨を砕く。

「ぎゃああ！」

刀を落とし、肩を押さえて転げまわる手下を見もせず、虎丸は次に襲って来た手下を空振りさせ、背中を峰打ちして倒した。

束になって襲いかかる手下どもだが、刀の扱いに慣れておらず、虎丸の敵ではない。

三人、四人と倒す虎丸の凄《すさ》まじさに、手下どもはひるんだ。

この隙に、兄弟と手下を捨てて舟で逃げようとしている鷹頼に気付いた虎丸が、

「どけ！」

大音声をあげて、猛然と出る。

恐れた手下どもが左右に分かれたあいだを走り、屋敷内の船着き場から堀川へ向

けて舟を出した鷹頼を追う。

門から表の道に駆け出た虎丸は、大川とは逆の方角へ逃げる鷹頼を追って走り、川端から飛んだ。

鷹頼が目を見張り、竹棹を捨てて舳先に下がった。

荷船に飛び乗った虎丸が、小太刀を両手に下げ、無言で迫る。

抜刀した鷹頼。

「おのれ！」

気合をあげて斬りかかった一撃を、虎丸は両手の小太刀で受け止めた。揺れる舟で鷹頼がよろめいたので、押し返した。

切っ先を向ける鷹頼が、ふたたび気合をあげて斬りかかる。頭を狙う一撃を、虎丸は右の小太刀で受け止め、左の小太刀で峰を押さえて挟み、動きを封じる。

鷹頼が引き抜こうとしたので、虎丸は左の小太刀を振るって小手を峰打ちした。

下がった鷹頼が、小手を打たれた右手を振るい、虎丸を睨む。

「殺してやる！」

気合をあげて刀を振り上げ、斬りかかった。

虎丸は右に刀をかわし、空振りした鷹頼の肩を、太鼓を打つように、両刀で打ち据えた。

村上家奥義の双斬《そうざん》を受けた鷹頼は、船底に激しく身体を打ち付けられた。しぶとくも起きようとしたが、顔をゆがめて呻き、気を失った。

長い息を吐き、両刀を鞘に納めた虎丸は、荷船から道に飛び移り、屋敷から逃げようとした手下の前に立ちはだかった。

「痛い目にあいとうなかったら、中へ戻れ」

「は、はい」

「おいお前、舟を戻せ」

恐怖におののいている手下どもは素直に言うことを聞き、鷹頼がのびている荷船を曳《ひ》いて、屋敷に戻した。


小太郎が武家屋敷に戻ったのは、虎丸が川賊どもに縄をかけ、蔵の前に座らせてから一刻半（約三時間）後だった。

竹内たちを探し出し、案内して戻った小太郎は、横手の潜り戸に虎丸の姿がなかったので焦り、振り向く。

「虎丸様は、ここで待っているとおっしゃったんですが」
「我らが遅過ぎたのだ」
そう言った竹内は小太郎をどかせ、戸の前に行く。板のあいだに紙が挟んである
のを見つけて取り、開いて見るなり、目を見張った。
「者ども、行くぞ」
戸を開けて入り、蔵の前に行った竹内は、簀《す》巻《ま》きにされた川賊どもがひとまとめ
にされてうな垂れているのを見て、息を呑んだ。
「御家老、これをご覧ください」
五郎兵衛に言われて眼差しを向けた竹内は、赤い布が編み込まれた米俵が、まと
めて積んであることに驚いた。盗まれた五百石には程遠いが、山屋の嘉八に見せれ
ば、葉月家の物か分かるはずだ。
「それにしても」川賊どもに顔を向けた竹内は、虎丸に感心させられた。「たった
一人で、これだけの川賊を捕らえられたのか」
髷《まげ》を乱し、落ち武者のようになっている若い侍の額には、この者が、下垣殿と六
左を斬った、と書かれていた。
竹内が問う。

するとこ源四郎は、顔をゆがめ、悔しそうな顔をした。

竹内は、無言でうな垂れている侍に眼差しを向け、懐から見える紙を抜き取った。

川舟改役同心の戸田のことが書かれていたので、竹内は長い息を吐き、五郎兵衛に川賊の連行を命じた。

そして十名の手勢を率いた竹内は、前を流れる竪川で役目をしている川舟改役の
ところへ行き、配下の者に指図をしていた戸田に、風間三兄弟を捕らえたことを告
げた。

「我らは公儀より川賊退治を命じられた、葉月家の者である。神妙にされい」

竹内の厳しい態度に、戸田は絶句し、逃げようとしたので、その場で取り押さえ、
加担していた小者たちも捕らえた。

虎丸の姿がないので心配している小太郎に、戻った竹内が言う。

「芸州虎丸殿は、我らを待つのに飽きて、去ったようだな」

「そうでしょうか」

「ともかく、あとは我らに任せよ。今日は、ご苦労であった」

旗本の家老に頭を下げられ、小太郎は慌てて頭を下げた。

「お役に立てて、ようございました。では、手前はこれで、失礼します」

そう言って屋敷を出た小太郎は、預けていた猪牙舟のところに戻った。

「虎丸様は、どこに行っちまわれたんだろうな」

などと独り言を漏らしながら舟に乗ろうとした時、舟底から虎丸が起き上がったので、小太郎は驚いて川に落ちそうになった。

「ああ驚いた」

「ありがとな、頭」

「ここにいなすったんですか。お姿がないので心配しましたよ」

「いろいろ面倒じゃけ、ここで待っとった。悪人どもはどうなった」

「葉月家の方々が捕らえられましたよ」

「ほうか。これで終わりじゃのう」

「手柄をまた、人に譲るので？」

「正体を知られるのは困る」

「そうでした。それにしても、蔵には米がびっしり詰まってましたね。よくもまあ、あそこまで盗んだもので」

「腐った役人が手を貸しとったけえ、盗り放題よ。じゃけどそれも終わりよ。今日のことは、恩に着る。いつか返すけえの」

「何をおっしゃいますやら。すっぽん一味の時に受けたご恩は、こんなもんじゃございません。どうです、このまま吉原に行って、ぱあっとやりますか」

「吉原……」十八の虎丸は興味をそそられたが、頭を振る。「いや、今日は行くところがあるけえ、大川の手前で降ろしてくれ」

「そいつは残念ですね。また店に来てくださいますか」

「うん。寄らせてもらう」

「きっとですよ」

「おう。約束するよ」

小太郎は嬉しそうにうなずき、舟を漕《こ》いで深川の町を抜けると、大川の手前で止めてくれた。

降りて見送った虎丸は、小太郎が遠く離れたところで背を向け、人目を気にしながら、葉月家の下屋敷に帰った。

八

竹内たちが下屋敷に戻ったのは、夜になってからだった。

寄り棒を持った家来たちが、縄で繋がれた川賊たちを警戒しながら、裏庭に連れて行く。

庭に出ていた虎丸は、五郎兵衛から咎人の名を教えられた。

その中には、若狭屋道左衛門の姿もあった。

ふてぶてしい態度の道左衛門は、後に続く風間三兄弟を何度も振り向き、あからさまに舌打ちをしている。

川舟改役の戸田などは、頭が落ちるのではないかというほど首《こうべ》を垂れ、足取りも重い。

虎丸が五郎兵衛に訊く。

「中町奉行所の同心はどれだ」

「その者は、御家老が目付役の山根様に使者を遣わしましたので、間を空けず捕らえられましょう」

役目を終えた報告を兼ね、捕らえた咎人たちを引き取ってもらうために、竹内は山根に報せたのだと言われて、虎丸は納得した。

「米はどうなった」

「伝八が残って守っています。当家の分も、ありましたな」

「川賊どもを働かせて、目についた物だけ集めさせておいたが、蔵の中には残りもあるかもしれぬな」

「あるとよいのですが」

軒先で見守っている虎丸に、竹内が眼差しを向けた。その顔には、怒気が浮かんでいる。

「機嫌が悪そうだな」

虎丸が小声で言うと、近くにいる家来を気にした五郎兵衛は、顔を寄せた。

「報せを受けて下屋敷に戻ってみればおられないのですから、当然かと。危うく、家来たちにばれるところでしたぞ」

「どうやって隠した」

「奥の部屋で指図をされたことになっております。皆に、ようやったと声をおかけください」

「そうか」虎丸はひとつ咳《せき》をして、声をあげた。「皆の者！　ご苦労だった！　ようやった！」

家来たちが虎丸に頭を下げた。

竹内が近づいたので、虎丸は笑顔で迎えた。

真顔の竹内は虎丸の前に立ち、怒りを鎮めるように、長い息を吐いた。

「若殿、芸州虎丸なる者の働きで、大悪党の川賊を一網打尽にすることができました」

竹内は家来の前で、嫌味たらたらに大声で告げた。

虎丸は、苦笑いで応じる。

「そうか。それは、よかった」

「よくはございませぬ。芸州虎丸が川賊を捕らえたのでは、公儀から仰せつかっている葉月家の面目は丸つぶれです」

言われてみればそうだ。

虎丸は焦った。

「しかし、あれだ、頭目の若狭屋道左衛門を捕らえたではないか。怪我人も、六左の他には出ておらぬのだから、よしといたそう」

武芸が苦手な家来たちは、虎丸に賛同して何度もうなずいていたが、じろりと竹内に睨まれ、うつむく。

ふたたび長い息を漏らした竹内が、家来たちを咎人の見張りに行かせ、虎丸のそばに歩み寄ると、胸ぐらをつかむ勢いで顔を近づけた。

「一人で斬り込むとは、何ごとですか。剣術の腕を過信するのは、命取りですぞ」

「次から、気をつけます」

「次は許しませぬ」

五郎兵衛が止めに入った。

「まあまあ、御家老、芸州虎丸殿のおかげで役目を成し遂げることができたのですから」

竹内は厳しい眼差しを向けた。

「はたして御大老格が、役目を成し遂げたとお認めくださろうか」

「それは……」

「わたしは考えることがあるので五郎兵衛、後を任せた」

竹内はそう言うと、虎丸に頭を下げ、立ち去ってしまった。

見送った虎丸は、五郎兵衛に言う。

「はぶてとるのう」《腹を立て》

「はぶて、とる？」

「うん。大《おお》はぶてじゃ」

虎丸はそう言うと、部屋に戻った。

意味が分からぬ五郎兵衛は、首をかしげながら向きを変え、咎人たちの見張りに戻った。

その夜のうちに、目付役の山根が己の手勢と、北町奉行所の捕り方を率いて、大川を渡って来た。

中町奉行は、配下の同心が川賊に関わっていたことで役宅にとどめられ、代わって北町奉行所の者が動いたのだ。

羽織袴《はかま》姿の山根が、川賊たちを引き渡すため庭に出ていた虎丸の前に来た。

「御家人の風間三兄弟はそれがしが引き受け、川賊一味は、北町奉行所に引き継がれることになりました。定光殿、よろしいですな」

「異論はございませぬ」

応じた虎丸にうなずいた山根が、北町奉行所の与力に向かって、川賊どもを連れて行くよう命じた。

応じた与力が、川賊どもを連れ出す。

残った山根が、改めて虎丸に頭を下げた。

「定光殿、ご苦労にございました」

虎丸は無言で頭を下げた。

顔を上げた山根が告げる。

「後日、お城よりお達しがございますので、本宅にてお待ちください」

「承知つかまつりました」

「では、ごめん」

山根は堅物らしくきびきびと向きを変え、風間三兄弟を連れて表門から帰っていった。

虎丸が部屋に戻っていると、見送りをすませた竹内と五郎兵衛が入ってきた。

竹内とは、あれからまだ口をきいていない。

五郎兵衛が気を遣い、虎丸と竹内を交互に見て言う。

「山根殿は、風間三兄弟を誰が捕らえたか訊かれませんでしたな」

すると竹内が、真顔を向ける。

「芸州虎丸が倒したことを知らぬだけだ。呼び出された時には、すべて露呈しておろう。山根殿は、前にあれほど、芸州虎丸のことを捜されていた。風間三兄弟をものともせず倒したと分かれば、こたびもまた、血眼になって捜されるはず。せっかく、ほとぼりが冷めたと思っていたというのに」

「すまん」虎丸は、心配する竹内に頭を下げた。「勝手なことをして悪かったと思っている。後になって思えば、一人で倒せたのは神がかりだ。浅はかだった」

五郎兵衛が言う。

「何をおっしゃいます。若殿は、探索に出た皆に、六左のような怪我を負わせたくない一心で動かれたのでございましょう。六左が、そう申しておりました」

虎丸は何も言わず、眼差しを下げた。

五郎兵衛が竹内に、不服そうな顔をする。

「御家老、若殿のおかげで若狭屋一味を捕らえたのですから、機嫌を直してください」

「分かっている」竹内は、虎丸の目を見て、頭を下げた。「ご無事で、まことによろしゅうございました」

「竹内……」

「直ちに本邸へ戻りますので、お支度を」

「うん」

虎丸は笑顔でうなずき、帰り仕度をした。

山根が葉月家を訪ねて来たのは、三日後だった。

城ではなく、大老格の柳沢邸に同道するよう言われたので、虎丸は、竹内と伝八を供に屋敷を出た。

常盤橋《ときわばし》御門内の柳沢邸は、将軍家の御成りがあることを示す、特別な唐門を有した立派な構えだ。

ふたたび柳沢に会わなければならぬことに緊張している虎丸は、荘厳な唐門を見る余裕もなく、黙々と、山根の後ろをついて歩いた。

程なく、十万石級の大名に許された両番所付き長屋門の前に着いた。山根が番人に用件を告げ、用人の出迎えを待つ。そして、報せを受けて出てきた用人に従い、虎丸たちは脇門から邸内に入り、御殿の表玄関前に向かった。伝八を外に残した虎丸は、同行を許された竹内と二人で、案内された部屋に入った。

書院を有した部屋はさほど広くなく、襖も白無地で、堅実な武家らしい設《しつら》えだ。

竹内と下座に正座した虎丸は、芸州虎丸の時とは別人のように、大人しい。

「ああ、吐きそう」

緊張のあまり、気分が悪くなった虎丸に竹内が真顔を向ける。

「先ほどから、まともに息をしておられませぬぞ。大きく吸って、吐いて」

言われるとおりに、何度も繰り返すうちに、少し楽になった。

廊下で咳ばらいがした。

一旦離れていた山根が戻り、お出ましになる、と言うので、虎丸と竹内は、揃って両手をついた。

柳沢が入るのを目の端で捉えた二人は、平伏する。

上座に落ち着いた柳沢が、二人に穏やかな眼差しを向けた。

「面を上げよ」

「はは」

虎丸は作法どおりに、やや額を上げたのみだ。

柳沢が言う。

「それでは話ができぬ。顔を見せよ」

従った虎丸は、両手を膝に置き、眼差しを柳沢の胸に向けた。

柳沢が、薄い笑みを浮かべる。

「まずは、こたびのこと大儀であった。小耳にはさんだのだが、葉月家の米も、奪われていたそうだな」

「はい」

「何ゆえ、城で黙っていた」

「当家のことを申し上げるのは、おそれ多いことでございますので」

「北町奉行によれば、五百石盗られたそうだな」

「はい」

「赤い布を編み込んでいた俵が、若狭屋一味を観念させる動かぬ証となったと、北町奉行が申しておった。怪我の功名とは、よう言うたものじゃ」

虎丸が両手をつく。

「米を、お返しいただけましょうか」

柳沢が顎を引く。

「五百石あるかどうかは定かではないが、赤い布を編み込んだ米俵は、山屋に引き取らせる」

「おそれいりまする」

頭を下げる虎丸に、竹内も続いた。

柳沢が、山根に顎を引く。

応じた山根が、口を開いた。

「ところで葉月殿、川賊に与《くみ》していた御家人の風間三兄弟が潜む屋敷に斬り込んだのは、葉月家の者ではなく、芸州虎丸だと聞いているが、相違ござらぬか」

虎丸は、即座に答える。

「さようでございます」

山根が、両名とも顔を上げてくれと言うので、虎丸は従った。

「貴殿はもしや……」

山根が膝を進めて、まじまじと見てきた。

まずいと思った虎丸は、眼差しを下げれば疑われると思い、真っ直ぐな目を向けた。

「何でございましょう」

「貴殿は、芸州虎丸と知り合いでござるか」

胸の中で安堵《あんど》した虎丸は、涼しい顔で言う。

「残念ながら、存じませぬ。是非とも、会ってお礼を言いたいと思うております」

「そうでござるか」山根は落胆したが、あきらめきれぬ様子で、さらに訊く。「ではどうやって、蔵屋敷に賊が捕らえられていることを知ったのです」

「それは……」

そうか。小太郎が報せたことを、公儀は知らないのだ。

虎丸が答える前に、竹内が口を開いた。

「おそれながら、あの蔵屋敷のことは、当家の者が若狭屋の密会場に潜み、盗み聞いて得たことでございます。その者は風間兄弟に斬られて手傷を負いながら、報せに戻ってまいりましたので、家中一同一丸となり、捕らえに駆けつけたところ、一味が縛られておりました」

竹内は小太郎のことを隠した。考えることがあると言ったのは、このことだろうか。

真っ直ぐ前を向いたまま聞いていた虎丸は、そう思った。

山根が竹内に顎を引き、虎丸に訊く。

「斬られた御家来は、生きておられるのか」

「おかげさまで、一命をとりとめております」

「その御家来は、芸州虎丸を知っておるのではないか。それで芸州虎丸は、先に捕らえに動いたのではないか」

山根は必死に、芸州虎丸を見つけようとしているのが伝わってくる。

虎丸は、きっぱりと否定した。

「いえ、知らぬと申しております」

「問われたのか」

「はい」

「では……」

山根がさらに訊こうとしたが、柳沢が止めた。

「どこにおるとも分からぬ芸州虎丸のことは、もうよい」

「はは」

応じた山根が、居住まいを正すのを横目に、柳沢が虎丸に言う。

「こたびの葉月家の働き、上様もお喜びであった」

虎丸は無言で頭を下げる。

柳沢が手を打ち鳴らすと、小姓が三方を持って現れ、そっと置いて下がった。

手を伸ばした柳沢が、下、と記された書状を虎丸に向けたので、虎丸と竹内は平伏した。

「葉月定光」

「はは」

「余はそのほうを川賊改役に推したのだが、上様がお許しにならぬ。よって、こたびは控えといたす」

これには竹内が口を出した。

「おそれながら」

「うむ。苦しゅうない、申せ」

「控えとは、いかなる御役目でしょうか」

「言葉のとおり、控えは控えじゃ。余が声をかけた時は、こたびのように、川賊を捕らえに動け」

「川賊改役の、控え、ということでございますか」

確かめる竹内に、柳沢は顎を引く。そして、虎丸に書状を取りに来いと言った。

応じた虎丸が膝行し、両手で受け取ると、柳沢が言う。

「それは、目録じゃ。葉月定光、控えの役料として、蔵米千石を加増する。いつでも動けるよう早船を仕度し、舟を扱うことに優れた者を召し抱えよ」

虎丸は目を見張った。

柳沢が薄い笑みを浮かべる。

「不服か」

「いえ。謹んで、お受けいたしまする」

頭を下げると、柳沢は立ち上がり、励め、と言い、部屋から出ていった。

思わぬことに、虎丸が振り向くと、竹内は笑みを浮かべて顎を引く。

「忙しくなりますぞ」

言ったのは、山根だ。

虎丸が顔を向けると、山根が厳しい顔をしている。

「川賊は、年々凶悪になっております。芸州虎丸に勝るお働きをなされませ。では、ごめん」

山根は立ち上がり、先に帰った。


用人の案内で表門から出た虎丸は、三人で家路についた。胸に挟んでいる目録に手を添え、竹内に言う。

「千石も加増されたぞ」

「まことに、おめでとうございます」

「武蔵屋の小太郎が持っているような早船が欲しいのだが、何艘持てる」

「まずは人と武具を集めなければなりませぬので、算用をしてみなければ詳しいことは申せませぬ。ただ、番方と漕ぎ手を新たに召し抱えることになりますので、多くは持てませぬことを、先に申し上げておきます」

虎丸はうなずいた。

「一艘でも多く持てるよう頼む」

「はい」

「ところでこれは、役目をもらえたと思うてよいのか」

「微妙ではございますが、無役よりは首がつながったと言えましょう」

「筑前守様は、納得してくださろうか」

「はて、それはなんとも」

「そうだろうな。何せ、控えだ」

「では」伝八が後ろから口を挟んだ。「筑前守様がお認めになられれば、いよいよ月姫様と……」

　虎丸が振り向く。

「それはだめだ」

　身代わりがばれる。と言おうとした虎丸は、急に背後で湧き出た凄まじい殺気に振り向いた。

　強い力で腕を引いた伝八が、お下がりください、と叫び、迫る曲者《くせもの》に抜刀する。

　互いの刀がぶつかり、火花《ひばな》が散った。

　伝八は冴《さ》えた剣技で曲者と刃を交え、一歩も引かぬ。

編笠《あみがさ》と布で顔を隠した曲者は、鼠色《ねずみいろ》の着流しに草履をつっかけた軽装だ。細身の長身からは、凄まじい殺気を感じる。

虎丸は、腰に帯びている葉月家伝来の大刀を抜こうと鯉口を切ったが、竹内が止めた。

「若殿は剣が未熟。お下がりください」

「しかし――」

竹内が柄を押し、刀を納めさせた。誰が見ているか分からぬと言いたいのだろうが、伝八を見殺しにはできぬ。

前に出ようとすると、竹内が腕を引いて下がった。

「伝八は大丈夫です」

竹内が言うのと、伝八の気合が重なった。

地面を這うように切っ先を下げて出た刹那、斬り上げる。

下がってかわした曲者だったが、編笠が斬られて割れた。

「何ごとだ！」

大名家の門番が声をあげたので、曲者は油断なく下がり、きびすを返して走り去った。

「待て！」

伝八が追おうとしたが、曲者が振り向きざまに小柄を投げたので弾き飛ばし、出遅れた。

虎丸が竹内に訊く。

「今のは、わたしを狙ったのか」

竹内は何も言わない。

追うのをあきらめて戻った伝八が、刀を納めながら、悔しげな顔をした。

「御家老、今のは先代（定義）を斬った者かもしれませぬ」

竹内は、曲者が逃げた路地に険しい顔を向けたまま、何も言わない。

虎丸は、思いもしないことに絶句した。

定光の父親は、病死ではなかったのか。

「竹内、どういうことだ」

訊いたが、竹内は虎丸の声が耳に入らぬ様子で、険しい顔で路地を見つめたまま、にぎりしめた拳《こぶし》を震わせていた。

本書は書き下ろしです。

覚《かく》悟《ご》の登《と》城《じょう》

身代《みが》わり若殿《わかどの》 葉月定光《はづきさだみつ》2

佐々木裕一《ささきゆういち》

平成30年 8月25日 初版発行
令和6年 11月5日 4版発行

発行者●山下直久

発行●株式会社KADOKAWA
〒102-8177 東京都千代田区富士見2-13-3
電話 0570-002-301(ナビダイヤル)

角川文庫 21117

印刷所●株式会社KADOKAWA
製本所●株式会社KADOKAWA

表紙画●和田三造

●お問い合わせ
https://www.kadokawa.co.jp/ （「お問い合わせ」へお進みください）
※内容によっては、お答えできない場合があります。
※サポートは日本国内のみとさせていただきます。
※Japanese text only

ISBN978-4-04-107019-2 C0193

◆◇◇